CB035420

# O Horror Sobrenatural em Literatura

# O Horror Sobrenatural em Literatura

Tradução
*Celso M. Paciornik*

Apresentação
*Oscar Cesarotto*

H. P. LOVECRAFT

ILUMINURAS

*Título original*
Supernatural horror in literature

*Capa e projeto gráfico*
Eder Cardoso / Iluminuras

*Revisão*
Ariadne Escobar Branco
Virgínia Arêas Branco

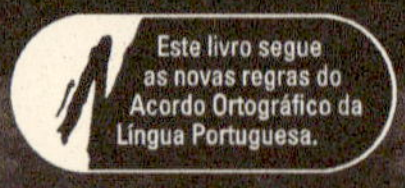


CIP-BRASIL. CATALOGAÇÃO NA PUBLICAÇÃO
SINDICATO NACIONAL DOS EDITORES DE LIVROS, RJ

L947H

Lovecraft, H.P., 1890-1937.
O horror sobrenatural em literatura / H.P. Lovecraft ; tradução Celso M. Paciornik.
[2. edição] — São Paulo : Iluminuras, 2020.

Título original: Supernatural horror in literature
ISBN 978-65-5519-032-8

1. Contos de terror - História e critica 2. Sobrenatural na literatura I. Título.

20-64763 CDD: 809.308733
CDU: 82.09(73)

Índices para catálogo sistemático
1. Ficção gótica americana. 2. Ficção gótica (Gênero literário) - História e crítica.
3. Sobrenatural na literatura. I. Paciornik, Celso M. II. Cesarotto, Oscar. III. Título.

2020
EDITORA ILUMINURAS LTDA.
Rua Inácio Pereira da Rocha, 389 - 05432-011 - São Paulo - SP - Brasil
Tel./Fax: 55 11 3031-6161
iluminuras@iluminuras.com.br
www.iluminuras.com.br

# índice

# A estética do medo

*Oscar Cesarotto*

*A imaginação, para HPL, era um atributo da razão, e seu exercício, metódico e ininterrupto, um privilégio de poucos. Alguns escritores, e não muitos seguidores. Apenas os interessados na ficção fantástica, dispostos a adentrar mundos fora de cogitação, suspendendo a descrença para se aventurar nas trevas.*

*Seus contos, histórias e novelas evitam qualquer realismo, e o sobrenatural está presente desde as primeiras páginas. Os personagens não têm vidas corriqueiras, e o que lhes acontece nunca é trivial. Nos sonhos, nas obsessões e nos delírios, sempre à mercê de forças incontroláveis e assediados pela loucura, não escapam de um encontro marcado com o espanto, e o leitor vai junto. O horror é o polo de atração.*

*Lovecraft escreveu muito, e publicou bastante. A quase totalidade da sua produção gira em torno de cosmogonias e mitologias supra-humanas, habitadas por seres monstruosos que alguma vez foram deuses dominadores, há milênios ocultos e em letargo, esperando pelo despertar dos seus poderes maléficos. Chama a atenção, então, o único livro seu que se afasta do cânone, tomando distância para defini-lo, embora num estilo completamente distinto.*

O horror sobrenatural em literatura *não é uma obra ficcional, senão um longo ensaio monográfico sobre o gênero literário assim definido, seus antecedentes, expoentes, temas e assuntos abordados. Com rigor professoral, HPL disserta sobre a novela gótica, suas raízes europeias e desdobramentos na língua inglesa, no Velho e no Novo Mundo, rendendo homenagem aos mestres, e criticando os medíocres. Dos primeiros, o destaque é para Edgar Allan Poe, merecedor de um capítulo exclusivo. Os segundos são apostrofados ora por desrespeitar o fantástico, por banalizar o surpreendente, por explicar o inexplicável, ou pelos finais piegas das narrativas.*

*As histórias de arrepiar constituem uma parcela importante do imaginário coletivo. Transmitidas oralmente ou impressas, são a prova da fruição mútua entre narradores e público, por séculos a fio. Mas a finalidade daquele trabalho não passa pelo recenseamento nem pelo didatismo. Antes, seu intuito é evidenciar, ao longo do tempo e em diversos lugares, a existência informal de uma tradição escrita, uma linhagem da qual o autor também faria parte, embora sem se contar. No último capítulo, ao discorrer sobre os contemporâneos, sua própria obra não consta, evitando assim a autorreferência. Incluindo-se fora, HPL fica posicionado como o sujeito-suposto-saber da produção dos outros, preferindo não ser parte para poder ser juiz, enfatizando suas opiniões e pontos de vista.*

*Assim sendo, o resultado de sua versão confirma aquilo que Borges dissera sobre Kafka: cada escritor cria retroativamente seus antecessores. Aqui, quem redige a história sabe que também faz parte da História.*

* * *

*"A emoção mais antiga e mais forte da humanidade é o medo, e o tipo de medo mais antigo e mais poderoso é o medo do desconhecido." Esta é a premissa de Lovecraft, formulada como uma tese, abrindo o texto. O medo como causa; o medo do desconhecido, a causa final.*

*No começo era o medo, noite antes da luz. Desde sempre e para sempre, a mais antiga das emoções, da humanidade e dos seus integrantes, assimila a ontogênese à filogênese. O medo tem suas raízes na infância, seja da espécie ou de cada um, originariamente desamparados. Como do desconhecido, por definição, não se tem nenhum saber nem defesa possível, a angústia ocuparia o centro da subjetividade. Esta é a chave do pensamento de HPL, explicitada para fundamentar a ficção fantástica de horror como forma literária.*

*O escritor leva o leitor ao pavor. Por mais assustadoras que possam ser, as histórias terríveis dão satisfação, no sentido amplo do termo. A identificação com os personagens proporciona vivências por delegação, sensações e calafrios, e o suspense pode ser tensão ou tesão, o corpo em suspensão, um doloroso prazer. Isto explica a adesão a este tipo de leitura, permeada pelo gozo.*

*Quando Lovecraft afirma que "poucos psicólogos contestariam esses fatos", para mencionar, logo depois, a "análise freudiana", e o "subconsciente", fica claro que a psicanálise não lhe era alheia. E não poderia ser diferente, pois para ele, como para Freud, os sonhos eram o caminho real para a Outra Cena, e os pesadelos, mais ainda. É improvável, porém, que tenha lido* O sinistro, *publicado em 1919 em alemão* (Das Unheimlich), *e só muito mais tarde traduzido para o inglês* (The Ominous).

*Mesmo assim, ambos são coincidentes na referência à inquietante estranheza que o desconhecido desperta. Para Freud, o que era familiar se torna sinistro com o retorno do recalcado. Para HPL, o que retorna são forças telúricas terríveis, suprimidas, mas não extintas. Criaturas pulsionais que reclamam sacrifícios humanos, abjetas e nojentas, existiriam numa dimensão paralela à nossa, esperando o momento propício para aparecer e retomar o seu poder, fazendo dos humanos as principais vítimas. Nestas fantasias, a emoção mais antiga volta uma e outra vez. Na emergência inesperada do passado no presente, o desejo perene insiste, agora como assombração.*

*O ominoso, na obra de Lovecraft, merece milhares de palavras, embora todo esforço significante seja em vão, pois nenhuma descrição, por detalhada que fosse, seria capaz de dar conta do inominável. As imagens também são insuficientes, como pode ser comprovado nas várias adaptações de escritos seus para o cinema ou os quadrinhos, nunca à altura. No entanto, é da impossibilidade de se representar cabalmente o horror que decorre sua eficácia como fonte de inquietação.* Isso *que não tem nome nem forma, incontrolável e pernicioso, já foi chamado de* id *por Freud, e de* real *por Lacan.*

*A pulsão de morte é o pano de fundo da metafísica do terror cósmico, e o pânico, sua expressão física, somática. O que não pode ser simbolizado reaparece como afeto, como desassossego, como sina, como fatalidade. Em definitivo, trata-se do Mal, se manifestando informe ou multiforme, eterno e atemporal, o princípio oposto da ordem natural. O caos primevo, irredutível, a memória indelével de um medo ancestral. O horror sobrenatural, na literatura de Lovecraft, é uma teologia laica inscrita num panteão de presenças infernais, um acervo de arrepios pronto para tirar o sono dos curiosos.*

# O Horror Sobrenatural em Literatura

# introdução

A emoção mais antiga e mais forte da humanidade é o medo, e o tipo de medo mais antigo e mais poderoso é o medo do desconhecido. Poucos psicólogos contestarão esses fatos e sua reconhecida verdade deve estabelecer, para todos os tempos, a autenticidade e dignidade da ficção fantástica de horror como forma literária. Contra ela são desfechadas todas as setas de uma sofisticação materialista que se aferra aos acontecimentos externos e emoções corriqueiras, e de um idealismo ingênuo que despreza a motivação estética e pede uma literatura didática para "elevar" o leitor a um nível adequado de pretensioso otimismo. Mas a despeito de toda essa oposição, a ficção fantástica sobreviveu, se desenvolveu e atingiu níveis extraordinários de perfeição fundada que é num princípio profundo e elementar cujo apelo, conquanto nem sempre universal, deve necessariamente ser permanente e intenso a espíritos com a sensibilidade apropriada.

O apelo do macabro espectral é geralmente restrito porque exige do leitor um certo grau de imaginação e uma capacidade de distanciamento da vida cotidiana. São relativamente poucos os que se libertam o suficiente do feitiço da rotina diária para responder aos apelos de fora, e as histórias sobre emoções e acontecimentos ordinários ou distorções sentimentais comuns dessas emoções e acontecimentos sempre ocuparão o primeiro lugar no gosto da maioria; com justeza, talvez, já que o curso dessa matéria sem nada de particular, constitui a parte maior da experiência humana. Mas a sensibilidade está sempre em nós e, às vezes, um curioso rasgo de fantasia invade algum canto obscuro da mais dura das cabeças, de tal modo que soma nenhuma de racionalização, reforma ou análise freudiana pode anular por inteiro o frêmito do sussurro do canto da lareira ou do bosque deserto. Está presente nisso um padrão ou tradição psicológica tão real e tão profundamente enraizado na experiência mental quanto qualquer outro padrão ou tradição da humanidade; contemporâneo do sentimento religioso e em estreita relação com muitos aspectos dele, e uma parte integrada demais em nossa herança biológica mais profunda para perder sua contundência sobre uma minoria muito importante, embora numericamente pequena, de nossa espécie.

Os primeiros instintos e emoções do homem foram sua resposta ao ambiente em que se achava. Sensações definidas baseadas no prazer e na dor se desenvolveram em torno dos fenômenos cujas causas e efeitos ele compreendia, enquanto em torno dos que não compreendia — e eles fervilhavam no Universo nos tempos primitivos — eram naturalmente elaborados como personificações, interpretações maravilhosas e as sensações de medo e pavor que poderiam atingir uma raça com poucas e simples ideias , e limitada experiência. O desconhecido, sendo também o imprevisível, tornou-se, para nossos ancestrais primitivos, uma fonte terrível e onipotente das benesses e calamidades concedidas à humanidade por razões misteriosas e absolutamente extraterrestres, pertencendo, pois, nitidamente, a esferas de existência das quais nada sabemos e nas quais não temos parte. O fenômeno do sonho também ajudou a construir a noção de um mundo irreal ou espiritual; e, em geral, todas as condições da vida selvagem primitiva conduziam com tanta força a um sentimento do sobrenatural, que não nos deve espantar o quanto a própria essência hereditária do homem ficou saturada de religião e superstição. Essa saturação deve ser encarada, na condição de fato científico evidente, como virtualmente eterna no que diz respeito ao subconsciente e aos instintos profundos; isso porque, embora a zona do desconhecido venha se contraindo regularmente há milhares de anos, um reservatório infinito de mistério ainda engolfa a maior parte do cosmo exterior, enquanto um vasto resíduo de associações poderosas herdadas se agarra a todos os objetos e processos que um dia foram misteriosos, por melhor que possam ser hoje explicados. E, mais que isso, existe uma fixação fisiológica real dos velhos instintos em nosso tecido nervoso que os tornaria misteriosamente operantes mesmo se a mente consciente fosse purgada de todas fontes de assombro.

Como recordamos a dor e a ameaça da morte mais vivamente que o prazer, e como nossos sentimentos para com os aspectos benfazejos do desconhecido foram, desde o início, captados e formalizados por rituais religiosos convencionais, coube ao lado mais escuro e maléfico do mistério cósmico reinar em nosso folclore sobrenatural popular. Essa tendência é naturalmente reforçada também pelo fato de que incerteza e perigo são eternos aliados íntimos, transformando qualquer tipo de mundo desconhecido num mundo de perigos e possibilidades maléficas. Quando se sobrepõe a esse senso de medo e de mal o inevitável fascínio do maravilhoso e da curiosidade, nasce um conjunto composto de emoção aguda e provocação imaginativa cuja vitalidade deve necessariamente durar enquanto existir a raça humana. Crianças sempre terão medo do escuro, e homens de espírito sensível a impulsos hereditários sempre tremerão ante a ideia dos mundos ocultos e insondáveis de existência singular que podem pulsar nos abismos além das estrelas, ou infernizam nosso próprio globo em dimensões profanas que somente o morto e o lunático conseguem vislumbrar.

Com base nisso, a ninguém deve espantar a existência de uma literatura de medo cósmico. Ela sempre existiu e sempre existirá; e não se pode citar melhor evidência de seu vigor tenaz que o impulso ocasional que faz escritores de inclinações completamente opostas testarem a mão nela em contos isolados, como se para descarregar da mente algumas formas fantasmagóricas que, não fosse isso, os perseguiriam. Assim, Dickens escreveu várias histórias fantásticas; Browning, o poema de terror *Childe Roland* (*O infante Roland*); Henry James, *The Turn of the Screw* (*A volta do parafuso*); Dr. Holmes, a novela sutil *Elsie Venner*; F. Marion Crawford, *The Upper Berth* (*O leito superior*), e muitos exemplos mais. A Sra. Charlotte Perkins Gilman, uma assistente social, *The Yellow Wall Paper* (*O papel de parede amarelo*); enquanto o humorista W. W. Jacobs produziu aquela hábil peça melodramática *The Monkey's Paw* (*A pata do macaco*).

Esse tipo de literatura do medo não deve ser confundido com um outro superficialmente parecido, mas muito diferente no âmbito psicológico: a literatura do simples medo físico e do horrível vulgar. Esses escritos decerto têm seu lugar, assim como a história de fantasma convencional ou mesmo excêntrica ou humorística em que o formalismo ou uma piscadela cúmplice do autor retira o verdadeiro sentido de morbidez sobrenatural; mas essas coisas não são literatura de medo cósmico em seu sentido mais puro. A história fantástica genuína tem algo mais que um assassinato secreto, ossos ensanguentados, ou algum vulto coberto com um lençol arrastando correntes, conforme a regra. Uma certa atmosfera inexplicável e empolgante de pavor de forças externas desconhecidas precisa estar presente; e deve haver um indício, expresso com seriedade e dignidade condizentes com o tema, daquela mais terrível concepção do cérebro humano — uma suspensão ou derrota maligna e particular daquelas leis fixas da Natureza que são nossa única salvaguarda contra os assaltos do caos e dos demônios dos espaços insondáveis.

Evidentemente não podemos esperar que todas as histórias fantásticas se conformem à perfeição com algum modelo teórico. As mentes criativas são desiguais, e o melhor dos tecidos tem seus pontos frouxos. Ademais, boa parte da obra fantástica mais seleta é inconsciente, aparecendo em fragmentos memoráveis espalhados por material cujo efeito geral pode ser de molde muito diferente. Atmosfera é a coisa mais importante, pois o critério final de autenticidade não é a harmonização de um enredo, mas a criação de uma determinada sensação. Podemos dizer, generalizando, que uma história fantástica cuja intenção seja ensinar ou produzir um efeito social, ou uma em que os horrores são explicados no final por meios naturais, não é uma genuína história de medo cósmico; mas persiste o fato de que essas narrativas muitas vezes possuem, em seções isoladas, toques atmosféricos que preenchem todas as condições da verdadeira literatura de horror sobrenatural. Portanto, devemos julgar uma história fantástica, não pela intenção do autor ou pela simples mecânica do enredo, mas pelo nível emocional que ela atinge em seu ponto menos banal. Se as sensações apropriadas forem provocadas, esse "ponto alto" deve ser admitido, por seus próprios méritos, como literatura fantástica, pouco importando quão prosaicamente ele seja degradado na sequência. O único teste do realmente fantástico é apenas este: se ele provoca ou não no leitor um profundo senso de pavor e o contato com potências e esferas desconhecidas; uma atitude sutil de escuta apavorada, como se de um adejar de asas negras ou o roçar de formas e entidades extraterrestres no limiar extremo do universo conhecido. E, claro, quanto mais completa e unificada for a maneira como a história transmite essa atmosfera, melhor ela será como obra de arte num determinado meio.

# o início do conto de horror

Como seria natural esperar de uma forma tão estreitamente ligada a emoções primitivas, a história de horror é tão antiga como o pensamento e a fala humanos.

O terror cósmico aparece como ingrediente no folclore mais primitivo de todas as raças, e é cristalizado nas baladas, crônicas e escritos sagrados mais arcaicos. Ele era, aliás, uma característica saliente no elaborado cerimonial mágico com seus rituais para a evocação de demônios e espectros que floresceu desde tempos pré-históricos e atingiu seu apogeu no Egito e nas nações semitas. Fragmentos como *O livro de Enoque* e a *Claviculae Salomonis* (*Chave de Salomão*) ilustram bem o poder do fantástico sobre o pensamento do antigo oriente, e sobre coisas assim se ergueram sistemas e tradições duradouras cujos ecos se propagam misteriosamente até os dias atuais. Traços desse medo transcendental são encontrados na literatura clássica e existem evidências de sua ênfase ainda maior nas narrativas de baladas que caminhou em paralelo à vertente clássica, mas desapareceu por falta de um meio escrito. A Idade Média, imersa em trevas propícias à fantasia, deu um enorme impulso em sua expressão, e tanto Oriente como Ocidente se empenharam em preservar e ampliar a herança sobrenatural seja do folclore aleatório, seja da magia e cabalismo academicamente formulados que a ele desceram. Bruxas, lobisomens, vampiros e demônios necrófagos, incubaram, sinistros, nos lábios de bardos e velhas, e não precisaram de grande estímulo para dar o passo final cruzando a fronteira que separa o canto ou a história rimada da composição literária formal. No Oriente, a narrativa fantástica tendeu a assumir um colorido e vivacidade deslumbrante que quase a transmudou em completa fantasia. No Ocidente, onde o místico germano descera de suas escuras florestas boreais e o celta recordava estranhos sacrifícios em bosques druídicos, ela assumiu uma intensidade terrível e uma convincente seriedade de atmosfera que duplicaram a força de seus horrores meio narrados, meio sugeridos.

Muito do poder do horror no Ocidente se deveu, sem dúvida, à presença suspeitada, mas frequentemente secreta, de um culto profano de adoradores noturnos cujos hábitos estranhos — procedentes de tempos pré-arianos e pré-agrícolas quando uma raça de mongoloides atarracados errava pela Europa com seus rebanhos e hordas — se enraizaram nos mais chocantes ritos de fertilidade de antiguidade imemorial. A religião secreta de Íbis, transmitida secretamente entre camponeses por milhares de anos a despeito da dominância externa das crenças druídicas, greco-romanas e cristãs nas regiões envolvidas, era marcada por sabás selvagens em florestas solitárias e no topo de montanhas distantes na Noite de Walpurgis e no Halloween, e nas tradicionais estações da procriação de caprinos, ovinos e bovinos, e se tornaram fonte de um vasto manancial de lendas de feitiçaria, além de provocar extensas perseguições a bruxas das quais o caso de Salém constitui o principal exemplo americano. Aparentado com ela em essência, e, talvez, a ela relacionado de fato era o apavorante sistema secreto da teologia invertida ou adoração de Satã que produziu horrores como a famosa "Missa Negra". Embora operassem para o mesmo fim, podemos notar as atividades daqueles cujos objetivos eram um pouco mais científicos ou filosóficos — os astrólogos, cabalistas e alquimistas tipo Albertus Magnus ou Ramond Lully que invariavelmente se multiplicam em eras incultas como aquelas. O predomínio e profundidade do espírito de horror medieval na Europa, intensificado pelo desespero cego provocado por ondas de pestilência, pode ser positivamente aferido pelas gravuras grotescas timidamente introduzidas em boa parte das mais primorosas obras eclesiásticas do gótico tardio da época; as gárgulas demoníacas de Notre Dame e do Monte Saint Michel estão entre os exemplares mais famosos. É preciso lembrar que existia, durante todo o período, tanto entre letrados como entre pessoas incultas a mais inquebrantável fé em cada forma do sobrenatural, das doutrinas mais benévolas da Cristandade às aberrações mais monstruosas da bruxaria e da magia negra. Não foi de um passado vazio que mágicos e alquimistas da Renascença — Nostradamus, Trithemius, o dr. John Dee, Robert Fludd, e outros — surgiram.

Nesse solo fértil foram nutridos tipos e personagens de lendas e mitos sombrios que persistem na literatura fantástica até hoje, mais ou menos disfarçados ou alterados pela técnica moderna. Muitos deles foram tomados das fontes orais primitivas e fazem parte da herança permanente da humanidade. A sombra que aparece e exige que seus ossos sejam sepultados, o amante demônio que vem para levar sua noiva ainda viva, o demônio da morte (ou psicopompo) cavalgando o vento noturno, o lobisomem, a câmara lacrada, o feiticeiro imortal — tudo isso pode ser encontrado naquele curioso corpo de saber medieval que o falecido sr. Baring-Gould coligiu com tanta eficiência em livro. Onde o místico sangue setentrional era mais forte, a atmosfera das histórias populares se tornou mais intensa, pois nas raças latinas existe um rasgo de racionalidade básica que nega inclusive às suas mais curiosas superstições muitas das nuances de magia tão características de nossos próprios sussurros gerados na floresta e criados no frio.

Assim como toda ficção encontrou inicialmente uma ampla materialização na poesia, é também na poesia que primeiro encontramos o ingresso permanente do fantástico na literatura normal. Curiosamente, a maioria dos exemplos antigos é de prosa, como o incidente do lobisomem em Petrônio, as passagens horripilantes em Apuleio, a breve, mas célebre, carta de Plínio o Jovem a Sura e a curiosa compilação *On Wonderful Events* (*Sobre acontecimentos maravilhosos*) do liberto do imperador Adriano, Flégon. É em Flégon que encontramos, pela primeira vez, aquela história pavorosa da noiva-cadáver, *Philinnion and Machates*, posteriormente relatada por Proclo e, em tempos modernos, servindo de inspiração para *Bride of Corinth* (*Die braut von Korinth — A noiva de Corinto*) de Goethe e *German Student* (*O estudante alemão*) de Washington Irving.

Mas na época em que os velhos mitos setentrionais adquiriram forma literária, e naquela época posterior em que o fantástico aparece como um elemento constante na literatura do dia, encontramo-los, sobretudo, em roupagem metrificada; como, aliás, encontramos a maior parte dos escritos estritamente imaginativos da Idade Média e da Renascença. As Sagas e os Eddas escandinavos trovejam com horror cósmico e abalam com o pavor absoluto de Ymir e sua prole informe, enquanto nosso próprio Beowulf anglo--saxão e as narrativas continentais posteriores dos Nibelungos estão repletos de fantasias apavorantes. Dante é um pioneiro na captura clássica da atmosfera macabra e nas estâncias nobres de Spenser serão encontrados mais do que alguns traços de terror fantástico em paisagens, incidentes e personagens. A literatura em prosa nos deu Morte d'Arthur (A morte de Artur) de Malory, em que são apresentadas muitas situações repulsivas extraídas de baladas primitivas — o roubo de espada e manto de seda do cadáver na Capela Perigosa por Sir Galahad — enquanto outros exemplares, e mais grosseiros, foram sem dúvida apresentados nos "chapbooks"[1] baratos e sensacionalistas apregoados nas ruas e devorados pelos ignorantes. No drama elisabetano, com seu *Dr. Faustus* (*Dr. Fausto*), as bruxas em *Macbeth*, o fantasma em

[1] Livreto sobre temas populares vendido nas ruas por ambulantes (N.T.).

Hamlet e o medonho horripilante de Webster podemos facilmente perceber a forte influência do demoníaco no espírito do público; uma influência intensificada pelo medo muito real da bruxaria viva, cujos terrores, inicialmente mais violentos no Continente, começam a ecoar com intensidade nos ouvidos ingleses à medida que as cruzadas de caça às bruxas de James I ganham força. À nascente prosa mística da época soma-se uma extensa linha de tratados sobre bruxaria e demonologia que ajuda a excitar a imaginação do público leitor.

Ao longo do século XVII e no começo do XVIII percebemos uma massa crescente de lendas e baladas transitórias de origem um tanto obscura, ainda mantidas, porém, sob a superfície da literatura polida e aceita. Os livretos de horror e fantástico se multiplicaram e vislumbramos o interesse ávido das pessoas por fragmentos como *Apparition of Mrs. Veal* (*O fantasma da Sra. Veal*) de Defoe, uma narrativa tosca sobre a visita espectral de uma mulher morta a um amigo distante, escrita para anunciar disfarçadamente uma dissertação teológica de difícil aceitação sobre a morte. As camadas superiores da sociedade estavam, então, perdendo a fé no sobrenatural e se entregando a um período de racionalismo clássico. Depois, começando com as traduções de contos orientais no reinado da rainha Anne e tomando forma definitiva mais para a metade do século XVIII, acontece o ressurgimento do sentimento romântico — época de uma nova exaltação da Natureza e do esplendor dos tempos antigos, de cenas estranhas, feitos ousados e prodígios incríveis. Isso se faz sentir primeiramente nos poetas, cujas manifestações adquirem novas qualidades de assombro, estranheza e horror. E, por fim, depois do tímido surgimento de algumas cenas fantásticas nos romances do dia a dia — como em *Adventures of Ferdinand, Count Fathom* (*As aventuras de Ferdinando, Conde Fathom*) de Smollett — o instinto de libertação se projeta no nascimento de uma nova escola de escrita; a escola "gótica" do horrível e do fantástico na ficção em prosa longa e curta cuja posteridade literária está destinada a se tornar tão numerosa, e, em muitos casos, tão esplendorosa em mérito artístico. Quando se pensa nisso, é realmente notável que a narrativa fantástica como forma literária fixa e academicamente reconhecida tivesse um surgimento final tão tardio. O impulso e a atmosfera são tão antigos quanto a humanidade, mas a história fantástica típica da literatura padrão é filha do século XVIII.

# os primórdios da novela gótica

As paisagens assombradas de Ossian, as visões caóticas de William Blake, as danças de bruxas grotescas em *Tam O'Shanter*, de Burns, o sinistro demonismo de *Christobel* e *Rime of the Ancient Mariner* (*Poema do velho marinheiro*) de Coleridge, o encanto espectral de *Kilmeny* de James Hogg e as abordagens mais contidas de horror cósmico em *Lamia*, e muitos outros poemas de Keats são ilustrações britânicas típicas do advento do fantástico na literatura formal. Nossos primos teutônicos do Continente foram igualmente receptivos à maré montante, e *Wild Huntsman* (*Der wilde jager — O caçador selvagem*) e a ainda mais famosa balada de noiva-demônio *Lenore*, de Burger — ambos imitados em inglês por Scott, cujo respeito pelo sobrenatural sempre foi grande — são apenas uma amostra da riqueza fabulosa que a poesia alemã começou a oferecer. Thomas Moore adaptou dessas fontes a lenda da estátua-noiva espectral (posteriormente usada por Prosper Merimée em *The Venus of Ille* (*La vénus d'Ille — A vênus de Ille*) e que remonta a uma grande antiguidade) que reverbera de maneira tão arrepiante na sua balada *The Ring* (*O anel*); enquanto a obra-prima imortal de Goethe, *Faust* (*Fausto*) transitando da mera balada para a tragédia cósmica, clássica da época, pode ser considerada a altura suprema a que se alçou esse impulso poético alemão.

Mas coube ao muito jovial e mundano inglês — ninguém menos que o próprio Horace Walpole — dar ao impulso crescente uma forma definitiva e se tornar o verdadeiro fundador da história de horror literária como forma permanente. Apaixonado, por diletantismo, pelos romances e mistérios medievais, e tendo por moradia um castelo que imitava graciosamente o estilo gótico em Strawberry Hill, Walpole publicou, em 1764, *The Castle of Otranto* (*O castelo de Otranto*), uma história sobrenatural que, embora absolutamente inconvincente e medíocre em si, estava fadada a exercer uma influência quase sem paralelo na literatura do sobrenatural. Atribuindo-o, de início, apenas a uma "tradução" do italiano por um certo "William Marshal, Gentleman" de um mítico "Onuphrio Muralto", o autor posteriormente reconheceu sua ligação com o livro e se divertiu com sua ampla e instantânea popularidade — uma popularidade que se estendeu a muitas edições, uma primeira dramatização e imitações por atacado tanto na Inglaterra como na Alemanha.

A história — tediosa, artificial e melodramática — é ainda mais prejudicada por um estilo prosaico e ríspido, cuja jovialidade banal não permite, em nenhum momento, a criação de uma verdadeira atmosfera fantástica. Ela conta sobre Manfred, um príncipe usurpador e inescrupuloso determinado a fundar uma linhagem que, depois da morte súbita misteriosa de seu único filho Conrad na manhã das núpcias deste último, tenta eliminar sua esposa Hippolita, e se casar com a dama destinada ao desafortunado jovem — o rapaz, aliás, foi esmagado pela queda sobrenatural de um gigantesco elmo no pátio do castelo. Isabella, a noiva enviuvada, foge de seus desígnios e encontra, em criptas subterrâneas embaixo do castelo, um jovem protetor nobre, Theodore, que tem a aparência de um camponês, mas se parece curiosamente com o velho Lorde Alfonso que governava a propriedade antes da época de Manfred. Pouco tempo depois, fenômenos sobrenaturais assolam o castelo de diversas formas; fragmentos de uma armadura imensa são encontrados aqui e ali, um retrato sai de sua moldura, um estrondo de trovão destrói o edifício, e um colossal espectro de Alfonso, de armadura, se ergue em meio a intensa chuvarada e ascende pelas nuvens evanescentes para o seio de São Nicolau. Theodore, tendo cortejado a filha de Manfred, Matilda, e a perdido para a morte — pois ela é assassinada por engano pelo pai — revela-se o filho de Alfonso e herdeiro de direito da propriedade. Ele conclui a história casando-se com Isabella preparando-se para viver feliz para sempre, enquanto Manfred — cuja usurpação fora a causa da morte sobrenatural do filho e de seus próprios tormentos sobrenaturais — recolhe-se a um mosteiro; sua esposa entristecida procura asilo num convento vizinho.

Tal é a história: simplória, afetada e absolutamente carente do verdadeiro horror cósmico que faz a literatura fantástica. Contudo, era tal a sede da época por esses toques de estranheza e antiguidade espectral que ela reflete, que foi recebida com seriedade pelos leitores mais judiciosos e ascendeu, apesar de sua inépcia intrínseca, a um pedestal de grande importância na história da literatura. O que ela fez, sobretudo, foi criar um tipo inovador de cenários, personagens típicos e incidentes que, manipulados para melhor vantagem dos escritores mais naturalmente adaptados à criação fantástica, estimularam o crescimento de uma escola imitativa do gótico que, por sua vez, inspirou os verdadeiros criadores de um terror cósmico — a linhagem de verdadeiros artistas que começa com Poe. Essa nova parafernália dramática consistia, antes de tudo, do castelo gótico com sua antiguidade espantosa, vastas distâncias e ramificações, alas desertas e arruinadas, corredores úmidos, catacumbas ocultas insalubres e uma galáxia de fantasmas e lendas apavorantes como núcleo de suspense e pavor demoníaco. Incluía também, além disso, o nobre tirânico e perverso como vilão; a heroína santa, muito perseguida e geralmente insípida que sofre os maiores terrores e serve de ponto de vista e foco das simpatias do leitor; o herói valoroso e sem mácula, sempre bem-nascido, mas frequentemente em trajes humildes; a convenção dos nomes estrangeiros altissonantes, principalmente italianos, para os personagens; e a série infinita de acessórios de palco que incluía luzes estranhas, alçapões úmidos, lâmpadas apagadas, embolorados manuscritos ocultos, dobradiças rangentes, cortinados se mexendo, e tudo o mais. Toda essa parafernália ressurge com divertida mesmice, mas, às vezes, com um efeito tremendo, em toda história da novela gótica e não está, de maneira alguma, extinta ainda hoje, embora técnicas mais sutis a obriguem a assumir agora uma forma menos óbvia e menos ingênua. Um ambiente harmonioso para uma nova escola fora encontrado e o mundo da escrita se apressou a agarrar a oportunidade.

A novela alemã reagiu prontamente à influência de Walpole e logo se tornou um epíteto de fantástico e pavoroso. Na Inglaterra, uma das primeiras imitadoras foi a ilustre Sra. Barbauld, então Srta. Aikin, que em 1773 publicou um fragmento inacabado intitulado *Sir Bertrand*, em que as cordas de um horror genuíno são realmente feridas por uma mão nada canhestra. Um nobre, num pântano escuro e deserto, é atraído por um sino plangente e uma luz distante, entra num estranho e antigo castelo torreado cujas portas se abrem e se fecham, e onde fogos-fátuos azulados conduzem por escadarias misteriosas até mãos defuntas e estátuas negras animadas. Um ataúde com uma dama morta, a quem Sir Bertrand beija, é finalmente alcançado; e depois do beijo, a cena se dissolve para dar lugar a um esplêndido apartamento onde a dama, reanimada, dá um banquete em homenagem a seu salvador. Walpole apreciava essa história, embora concedesse menos respeito a um rebento ainda mais proeminente do seu *Otranto: The old english baron* (*O velho barão inglês*) de Clara Reeve, publicado em 1777. Com certeza, falta a essa história a real vibração do tom de mistério e escuridão sobrenaturais que distingue o fragmento da Sra. Barbauld; e embora seja menos tosco que a novela de Walpole e mais artisticamente econômico no horror por ter apenas uma figura espectral, é, contudo, insípido demais para ser grande. Aqui, novamente, temos a herdeira virtuosa do castelo em trajes de camponesa e com a herança recuperada por intermédio do fantasma do pai; e aqui, de novo, temos um caso de ampla popularidade conduzindo a muitas edições, dramatização e e, finalmente, tradução para o francês. A Srta. Reeve escreveu outra novela fantástica, infelizmente não publicada e perdida.

A novela gótica já estava estabelecida então como forma literária e os exemplos se multiplicam enquanto o século XVIII avança para o seu fim. *The recess* (*O recesso*), escrito em 1785 pela Sra. Sophia Lee, tem o elemento histórico, e gira em torno da irmã gêmea de Mary, rainha da Escócia. Embora lhe falte o sobrenatural, emprega o cenário e mecanismo de Walpole com grande habilidade. Cinco anos depois, todas as luzes existentes são ofuscadas pela ascensão de uma nova ordem luminar — a Sra. Ann Radcliffe (1764-1823), cujas novelas famosas fizeram terror e suspense virarem moda, e que estabeleceu padrões novos e mais elevados no domínio do macabro e da atmosfera aterradora apesar do hábito provocador de destruir seus próprios fantasmas no fim com explicações mecânicas elaboradas. Aos ornamentos góticos familiares de seus predecessores, Radcliffe acrescentou um genuíno senso do sobrenatural em cenários e incidentes que se acercam do gênio, cada detalhe de cenário e ação contribuindo artisticamente para a sensação de pavor ilimitado que ela queria transmitir. Alguns detalhes sinistros como um rastro de sangue na escadaria de um castelo, um grunhido numa galeria distante ou um som apavorante numa floresta noturna podem, com ela, conjurar as imagens mais poderosas de horror iminente, superando de longe as elaborações extravagantes e aborrecidas de outros. Essas imagens não são, em si, menos vigorosas por serem explicadas perto do fim da novela. A imaginação visual da Sra. Radcliffe era muito forte, e aparece tanto em seus maravilhosos traços de paisagens — sempre em contornos amplos e fascinantemente pictóricos, e nunca em detalhes próximos — como em suas fantasias sobrenaturais. Suas principais fraquezas, afora o hábito de desencantamento prosaico, são uma tendência a usar dados geográficos e históricos incorretos e a predileção fatal por juncar seus romances de poeminhas insípidos atribuídos a um ou outro personagem.

A Sra. Radcliffe escreveu seis novelas: *The Castles of Athlin and Dunbayne* (*Os castelos de Athlin e Dunbayne*), 1789, *A Sicilian Romance* (*Um romance siciliano*), 1790, *The Romance of the Forest* (*O romance da floresta*), 1792, *The Mysteries of Udolpho* (*Os mistérios de Udolpho*), 1794, *The Italian* (*O italiano*), 1797, e *Gaston de Blondeville*, escrito em 1802, mas publicado pela primeira vez, postumamente, em 1826. Dessas, *Udolpho* é, de longe, a mais famosa, e pode ser tomada como um exemplar da história gótica primitiva em sua melhor forma. Ela é a crônica de Emily, uma jovem francesa transplantada para um castelo imponente e antigo nos Apeninos depois da morte de seus pais e do casamento de sua tia com o senhor do castelo — o intrigante nobre Montoni. Sons misteriosos, portas que se abrem, lendas assustadoras e um horror inominável num nicho atrás de um véu negro, tudo operado em rápida sucessão para debilitar a heroína e sua fiel criada Annette; mas finalmente, depois da morte da tia, ela escapa com a ajuda de um outro prisioneiro que havia descoberto. A caminho de casa, ela para num castelo repleto de novos horrores — a ala abandonada onde morava a falecida castelã e o leito de morte com o pálio negro — mas, por fim, tem a segurança e a felicidade restauradas com seu amado Valancourt, depois da elucidação de um segredo que parecera envolver em mistério, durante algum tempo, seu nascimento. Trata-se, nitidamente, de material familiar retrabalhado apenas, mas é tão bem retrabalhado que *Udolpho* será para sempre um clássico. Os personagens da Sra. Radcliffe são típicos, mas não tanto como os de seus antecessores. E na criação de atmosferas, ela se destaca entre os de seu tempo.

Dos incontáveis imitadores da Sra. Radcliffe, o novelista norte-americano Charles Brockden Brown é o mais próximo em método e espírito. Como ela, ele prejudicou suas criações com explicações naturais, mas também como ela, tinha um poder fantástico de criar atmosferas que confere a seus horrores uma vitalidade assustadora enquanto eles permanecem inexplicados. Ele se diferenciava dela por desprezar a parafernália e os recursos góticos externos e optar por cenários norte-americanos modernos em seus mistérios, mas seu repúdio não se estendia ao espírito gótico e ao tipo de incidente. As novelas de Brown contêm algumas cenas de pavor memoráveis e superam inclusive as da Sra. Radcliffe na descrição do funcionamento da mente perturbada. *Edgar Huntly* começa com um sonâmbulo cavando um túmulo, mas depois é prejudicado por toques de didatismo godwiniano. *Ormond* envolve um membro de uma sinistra sociedade secreta. Esta e *Arthur Mervyn* descrevem, ambas, a epidemia de febre amarela que o autor havia presenciado em Filadélfia e Nova York. Mas o livro mais famoso de Brown é *Wieland; or, the transformation* (*Wieland; ou, a transformação*), 1798, em que um alemão da Pensilvânia, tragado por uma onda de fanatismo religioso, ouve "vozes" e mata a mulher e os filhos em sacrifício. A narradora da história, sua irmã Clara, escapa por pouco. O cenário, montado na região florestal de Mittigen, nos confins remotos do rio Schuylkill, é traçado com extrema intensidade e os terrores de Clara, envoltos em tons espectrais, medos crescentes e o som de passos estranhos na casa solitária são todos modelados com um vigor realmente artístico. No fim, uma explicação canhestra por ventriloquia é oferecida, mas a atmosfera é genuína enquanto dura. Carwin, o ventríloquo maligno, é um vilão típico do gênero Manfred ou Montoni.

# o apogeu da novela gótica

O horror em literatura atinge uma nova malignidade na obra de Matthew Gregory Lewis (1773-1818), cuja novela *The monk* (*O monge*), 1796, alcançou fantástica popularidade e lhe valeu o apelido de “Monk” Lewis. Esse jovem autor, educado na Alemanha e saturado com uma massa de lendas teutônicas bárbaras desconhecidas da Sra. Radcliffe, voltou-se para o terror em formas mais violentas que sua amável predecessora jamais ousara pensar e produziu, como resultado, uma obra-prima de pesadelo vivo cujo aspecto gótico geral é apimentado por uma profusão de fantasmagoria adicional. A história é a de um monge espanhol, Ambrosio, que de uma condição de virtude arrogante é tentado ao nadir mesmo do mal por um demônio disfarçado na donzela Matilda; e que, por fim, enquanto aguarda a morte nas mãos da Inquisição, é induzido a comprar sua fuga da prisão vendendo a alma ao Diabo por achar que tanto seu corpo como sua alma já estão perdidos. Sem demora, o zombeteiro Demônio o arrasta para um lugar solitário, diz-lhe que ele vendeu a alma em vão porque o perdão e a chance de salvação estavam próximos no momento de sua odiosa barganha, e completa a sardônica traição exprobrando-o por seus crimes desnaturados e atirando seu corpo num precipício, enquanto a alma é lançada à perdição eterna. A novela contém algumas descrições estarrecedoras como o encantamento nas criptas embaixo do cemitério do convento, o incêndio do convento e o fim definitivo do desgraçado abade. Na subtrama em que o Marquês das Cisternas encontra o espectro de sua ancestral pecadora, A Freira Maldita, acontecem muitos lances de enorme vigor, em especial a visita do cadáver animado ao pé da cama do Marquês e o ritual cabalístico pelo qual o Judeu Errante o ajuda a compreender e expulsar o morto que o atormenta. Entretanto, *The monk* se arrasta de maneira lamentável numa leitura corrida. É muito longa e confusa, e boa parte de seu vigor é arruinada pela verbosidade e por uma reação excessiva contra aqueles cânones do decoro que Lewis, no começo, desprezava como afetados. Uma coisa muito boa se pode dizer do autor: que ele nunca arruinou suas visões espectrais com uma explicação natural. Ele conseguiu quebrar a tradição radcliffiana e expandir o campo da novela gótica. Lewis escreveu muito mais, além de *The monk*. Sua peça *The castle spectre* (*O espectro do castelo*) foi produzida em 1798; e ele posteriormente encontrou tempo para escrever outras ficções em forma de balada — *Tales of terror* (*Histórias de terror*), 1799, *The tales of wonder* (*As histórias fantásticas*), 1801, e uma sucessão de traduções do alemão. Começou então a surgir uma imensa profusão de novelas góticas medíocres, tanto inglesas como alemãs. A maioria era meramente ridícula para um gosto maduro, e a famosa sátira da Srta. Austen, *Northanger Abbey* (*A abadia de Northanger*) não foi, de maneira nenhuma, uma censura desmerecida a uma escola que havia afundado no absurdo. Essa particular escola estava se esgotando, mas antes de sua submissão final surgiu sua última figura notável na pessoa de Charles Robert Maturin (1782-1824), um obscuro e excêntrico clérigo irlandês. De um amplo acervo de escritos variados que inclui uma confusa imitação radcliffiana chamada *The fatal revenge; or, the family of Montorio* (*A vingança fatal; ou, a família de Montorio*), 1807, Maturin evoluiu por fim para a obra-prima de horror intenso que é *Melmoth, the wanderer* (*Melmoth, o errante*), 1820, em que o conto gótico alcançou alturas de puro pavor espiritual que jamais alcançara.

Melmoth é a história de um cavalheiro irlandês que, no século XVII, obteve uma vida prolongada de maneira sobrenatural do Diabo em troca de sua alma. Se ele conseguir convencer um outro a tirar o pacto de suas mãos e assumir sua condição, ele pode se salvar; mas ele nunca o consegue, por mais que assedie aqueles que o desespero tornou imprudentes e desvairados. A estrutura da história é muito canhestra, com episódios digressivos longos e tediosos, narrativas dentro de narrativas e elaboradas concatenações e coincidências; mas, em vários pontos da interminável perambulação sente-se pulsar um vigor inexistente em nenhuma obra anterior do gênero; um parentesco com a verdade essencial da natureza humana, uma compreensão das mais profundas fontes do autêntico medo cósmico e uma intensidade de emoção simpática por parte do escritor que torna o livro antes um verdadeiro documento de expressão estética pessoal do que uma mera armação astuciosa de artifícios. Nenhum leitor imparcial pode duvidar de que Melmoth representa um enorme passo na evolução da história de horror. O medo é tirado do reino do convencional e intensificado numa nuvem hedionda pairando sobre o destino mesmo da humanidade. Os pavores provocados por Maturin, cuja obra consegue provocar arrepios no próprio autor, são do tipo que convence. A Sra. Radcliffe e Lewis são alvos fáceis para o parodista, mas seria difícil encontrar uma nota falsa na ação febricitante e na alta tensão atmosférica do irlandês cujas emoções menos sofisticadas e cujos rasgos de misticismo celta lhe deram o mais excelente equipamento natural possível para sua tarefa. Sem a menor dúvida, Maturin é um autor de autêntica genialidade e ele assim foi reconhecido por Balzac, que agrupou Melmoth com o Don Juan, de Molière, o Fausto, de Goethe, e o Manfred, de Byron como as personagens alegóricas supremas da moderna literatura europeia, e escreveu uma peça cômica chamada Melmoth reconciled (Melmoth reconciliado) em que o Errante consegue passar adiante o pacto infernal a um fraudador bancário parisiense que, por sua vez, o repassa a uma cadeia de vítimas até que um jogador farrista morre em sua posse, e ao se danar, extingue a maldição. Scott, Rossetti, Thackeray e Baudelaire são os outros titãs que nutriram uma admiração sem par por Maturin, e é muito significativo o fato de que Oscar Wilde, depois de sua desgraça e seu exílio, adotou para passar seus últimos dias em Paris o nome fictício de "Sebastian Melmoth".

Melmoth contém cenas que mesmo hoje não perderam seu poder de evocar o pavor. Ele começa num leito de morte — um velho avarento está morrendo de puro terror por alguma coisa que ele viu, combinada com um manuscrito que leu e um retrato de família pendurado num armário às escuras em sua casa centenária no condado de Wicklow. Ele manda chamar seu sobrinho John estudante do Trinity College, em Dublin, e este, ao chegar, nota muitas coisas esquisitas. Os olhos do retrato no closet brilham de maneira assustadora e, por duas vezes, uma figura estranhamente parecida com a do retrato aparece por um momento à porta. O horror paira sobre essa casa dos Melmoth e o retrato representa um dos ancestrais, "J. Melmoth, 1646". O avarento moribundo declara que esse homem — numa data um pouco anterior a 1800 — está vivo. O avarento finalmente morre e o sobrinho é alertado, pelo testamento, para destruir tanto o retrato como um manuscrito que ele encontrou numa certa gaveta. Lendo o manuscrito, que fora escrito no final do século XVII por um inglês de nome Stanton, o jovem John fica sabendo de um terrível incidente na Espanha, em 1677, quando o autor encontrou um horrível concidadão e lhe foi contado como ele observara até a morte um padre que tentara denunciá-lo como alguém cheio de uma perversidade assustadora. Mais tarde, depois de encontrar o homem novamente em Londres, Stanton é atirado num asilo e visitado pelo estranho, cuja aproximação é anunciada por uma música espectral e cujos olhos têm um fulgor mais do que mortal. Melmoth, o errante — pois era este o visitante maligno — oferece a liberdade ao cativo se ele assumir seu pacto com o Diabo; mas como todos os outros de quem Melmoth se aproximara, Stanton é à prova de tentação. A descrição que Melmoth faz dos horrores da vida num asilo para tentar Stanton, é uma das passagens mais intensas do livro. Stanton é libertado, enfim, e passa o resto da vida procurando Melmoth, cuja família e morada ancestral ele descobre. Ele deixa o manuscrito com a família, que na época do jovem John está muito arruinado e fragmentário. John destrói o retrato e o manuscrito, mas durante o sono é visitado por seu horrível ancestral que deixa uma marca preta e azul no seu pulso.

O jovem John recebe logo depois a visita de um náufrago espanhol, Alonzo de Moncada, que escapou do monasticismo forçado e dos perigos da Inquisição. Ele havia sofrido horrivelmente — e as descrições de suas experiências sob tortura e nas criptas por onde tenta certa vez escapar, são clássicas — mas teve forças para resistir a Melmoth, o errante quando é abordado em seus momentos mais negros na prisão. Na casa de um judeu que o abrigou depois da fuga, ele descobre uma quantidade de manuscritos relacionados com outras proezas de Melmoth, inclusive sua corte a uma donzela tida como índia que vivia numa ilha, Immalee, que mais tarde recupera seus direitos hereditários na Espanha e é conhecida como Donna Isidora; e de seu horrível casamento com ela ao lado do cadáver de um anacoreta morto à meia-noite na capela em ruínas de um mosteiro maldito e abominado. A narrativa de Moncada ao jovem John ocupa o grosso do livro em quatro volumes de Maturin; essa desproporção é considerada uma das principais falhas técnicas da composição.

Por fim, os colóquios de John e Moncada são interrompidos pela entrada do próprio Melmoth, o Errante, com os olhos penetrantes agora baços, e a decrepitude se apossando rapidamente dele. O prazo de seu pacto estava chegando ao fim, e ele voltara para casa depois de um século e meio para enfrentar seu destino. Advertindo para todos ficarem longe do quarto, escutem o que escutarem durante a noite, ele aguarda solitariamente o fim. O jovem John e Moncada ouvem uivos apavorantes, mas não interferem até que o silêncio se impõe ao amanhecer. Eles então encontram o quarto vazio. Pegadas barrentas saem pela porta traseira para um penhasco virado para o mar, e perto da borda do precipício há uma pegada indicando que um corpo pesado fora arrastado à força. A echarpe do Errante é encontrada numa rocha a pouca distância da borda, mas dele mesmo nada mais é visto nem ouvido.

Essa é a história, e ninguém deixará de notar a diferença entre esse horror modulado, sugestivo e artisticamente construído e — para usar as palavras do professor George Saintsbury — "o racionalismo engenhoso, mas muito árido da Sra. Radcliffe, e a extravagância tão frequentemente pueril, o mau gosto e o estilo por vezes desleixado de Lewis". O estilo de Maturin, em si, merece um elogio particular, pois sua vigorosa integração e vitalidade o elevam totalmente acima dos artificialismos pomposos que condenam seus antecessores. A professora Edith Birkhead, em sua história da novela gótica, observa com justeza que "apesar de todos seus defeitos, Maturin foi o maior e o último dos góticos". *Melmoth* foi muito lido e finalmente dramatizado, mas sua data tardia na evolução da narrativa gótica o privou da ruidosa popularidade de *Udolpho* e *The monk*.

# os desdobramentos da ficção gótica

Nesse ínterim, outras mãos não ficaram ociosas e por cima da terrível profusão de lixo como *Horrid Mysteries* (*Der genius: mistérios pavorosos*), 1796, do Marquês von Grosse, *Children of the Abbey* (*Crianças da abadia*), 1798, da Sra. Roche, *Zofloya; or, the Moor* (*Zofloya; ou, a moura*), 1806, da Sra. Dacre, e as efusões pueris do poeta Shelley, *Zastro*, 1810, e *St. Irvine*, 1811 (ambas imitações de *Zofloya*), surgiram muitas obras fantásticas memoráveis tanto em inglês como em alemão. Clássica por mérito, e notavelmente diferente de suas colegas por seu embasamento na narrativa oriental e não na novela gótica walpolesca, é a célebre *History of the Caliph Vathek* (*História do Califa Vathek*) do rico diletante William Beckford, escrita originalmente em língua francesa, mas publicada numa tradução para o inglês antes do aparecimento do original. Os contos orientais, introduzidos na literatura europeia no começo do século XVIII por intermédio da tradução francesa de Galland das suntuosidades inesgotáveis de *Arabian Nights* (*As mil e uma noites*), tornaram-se a moda dominante sendo usados seja em alegorias, seja para diversão. O humor malicioso, que só o espírito oriental sabe misturar com o fantástico, cativou uma geração sofisticada até os nomes Bagdá e Damasco se disseminarem na literatura popular como os vistosos nomes italianos e espanhóis viriam a fazer logo depois. Beckford, grande leitor do romance oriental, captou a atmosfera com invulgar receptividade, e em seu volume fantástico refletiu com grande intensidade o luxo soberbo, a desilusão maliciosa, a crueldade branda, a traição mundana e o horror espectral sombrio do espírito sarraceno. Seu tempero de ridículo raramente prejudica a força de seus temas sinistros, e a história avança com uma pompa fantasmagórica em que o riso é o de esqueletos se banqueteando sob domos de arabescos. *Vathek* conta a história do neto do califa Haroun que, atormentado por aquela ambição pelo poder, prazer e conhecimento sobre-humanos que anima o vilão gótico regular ou o herói byroniano (tipos essencialmente cognatos), é seduzido por um gênio do mal para procurar o trono subterrâneo dos poderosos e lendários sultões pré-adamitas nos salões causticantes de Eblis, o diabo maometano. As descrições de palácios e diversões de Vathek, de sua ardilosa mãe feiticeira Carathis e de sua torre de bruxas com suas cinquenta negras com um só olho, de suas peregrinações às ruínas mal-assombradas de Istakhar (Persépolis) e da noiva endiabrada Nouronihar que ele seduziu traiçoeiramente no caminho, das torres e terraços primordiais de Istakhar sob o luar incandescente do deserto, e dos terríveis salões ciclópicos de Eblis, onde, atraída por promessas fulgurantes, cada vítima é compelida a vagar para sempre em aflição com a mão direita sobre o coração inflamado pelas chamas e eternamente ardente, são triunfos de uma coloração fantástica que alça o livro a um lugar permanente nas letras inglesas. Não menos notáveis são os três *Episodes of Vathek* (*Episódios de Vathek*), que deviam ser inseridos na história como narrativas de outras vítimas como Vathek nos salões infernais de Eblis, mas ficaram sem publicar durante toda a vida do autor e só foram descobertos em 1909 pelo estudioso Lewis Melville enquanto este coletava material para seu *Life and letters of William Beckford* (*Vida e correspondência de William Beckford*). Falta a Beckford, porém, o misticismo essencial que marca a forma mais aguda de terror; com isso, suas narrativas têm uma certa dureza e limpidez latina deliberada que impede o puro pavor-pânico.

Mas Beckford permaneceu solitário em sua devoção ao Oriente. Outros escritores, mais próximos da tradição gótica e da vida europeia em geral, se contentaram em seguir mais fielmente o exemplo de Walpole. Entre os incontáveis produtores de literatura de horror dessa época deve ser mencionado o metódico utopista William Godwin, um teórico, que deu sequência a seu famoso, mas não sobrenatural *Caleb Williams*, 1794, com a fantasia intensa de *St. Leon*, 1799, em que o tema do elixir da vida, desenvolvido pela fantasiosa ordem secreta Rosacruz, é manejado com engenho, embora sem uma atmosfera convincente. Esse elemento rosacruz, promovido por uma onda de interesse popular pela magia exemplificada na voga do charlatão Cagliostro e da publicação de *The magus* (*O mago*), 1801, de Francis Barrett, um alentado e curioso tratado sobre princípios e cerimônias ocultistas da qual se fez uma reimpressão ainda em 1896, figura em Bulwer-Lytton e em muitas novelas góticas tardias, especialmente naquela posteridade remota e enfraquecida que se estendeu até o século XIX e foi representada por *Faust and the Demon* (*Fausto e o Demônio*) e *Wagner the Wehr-Wolf* (*Wagner o Lobisomem*) de George W.M. Reynold. *Caleb Williams*, de William Godwin, embora não fosse sobrenatural, tem muitas marcas autênticas de terror. É a história de um criado perseguido por um amo que ele descobriu ser culpado de assassinato, e mostra uma imaginação e habilidade que o manteve vivo, de certa forma, até hoje. Ele foi dramatizado como *The iron chest* (*O cofre de ferro*) e nessa forma adquiriu quase igual celebridade. Godwin, porém, tinha muito do professor consciente e do homem prosaico para criar uma verdadeira obra-prima de terror.

Sua filha, Mary, esposa de Shelley, se saiu bem melhor, e seu inimitável *Frankenstein; or, the modern Prometheus* (*Frankenstein; ou, o moderno Prometeu*), 1817, é um dos clássicos de horror de todos os tempos. Composto numa competição com seu marido, lorde Byron e o Dr. John William Polidori na tentativa de provar supremacia na criação de horror, *Frankenstein* da Sra. Shelley foi a única narrativa concorrente que recebeu um acabamento elaborado; e a crítica não conseguiu provar que as melhores partes se devem ao poeta Shelley e não a ela. A novela, um pouco marcada, mas pouco prejudicada pelo didatismo moral, conta a história do ser humano artificial criado a partir de pedaços de cadáveres por Victor Frankenstein, um jovem pesquisador médico suíço. Criado por seu idealizador "no orgulho insano da intelectualidade", o monstro tem plena inteligência, mas sua forma é repulsiva. Ele é rejeitado pela humanidade, fica amargurado e, por fim, trata de assassinar sucessivamente todos aqueles de quem Frankenstein mais gosta, amigos e familiares. Ele exige que Frankenstein crie uma esposa para ele, e quando o cientista, por fim, se recusa horrorizado temendo que o mundo seja povoado por monstros assim, ele parte com a ameaça terrível "de estar com ele na sua noite de núpcias". Nessa noite, a noiva é estrangulada e, desse momento em diante, Frankenstein sai à caça do monstro que ele persegue até as vastidões do Ártico. No fim, procurando abrigo no navio do narrador da história, o próprio Frankenstein é morto pelo objeto estarrecedor de sua busca e criação de seu orgulho presunçoso. Algumas cenas de *Frankenstein* são inesquecíveis, como aquela em que o monstro recém-animado entra no quarto de seu criador, afasta as cortinas de sua cama e olha para ele sob o luar amarelo com os olhos marejados — "se de olhos eles podem ser chamados". A Sra. Shelley escreveu outros romances, inclusive o notável *Last man* (*O último homem*), mas nunca repetiu o sucesso do seu primeiro esforço. Ele tem o verdadeiro toque de medo cósmico, por mais que a ação possa se arrastar em certos pontos. O Dr. Polidori desenvolveu sua ideia concorrente como um conto longo, *The vampyre* (*O vampiro*), no qual vemos um vilão suave do verdadeiro tipo gótico ou byroniano, e encontramos algumas passagens excelentes de extremo pavor, inclusive uma terrível experiência noturna num sinistro bosque grego.

Nessa mesma época, Sir Walter Scott demonstrou muitas vezes interesse pelo fantástico, entremeando-o em muitos de seus romances e poemas, e produzindo ocasionalmente narrativas curtas como *The tapestried chamber* (*A câmara atapetada*) em *The Keepsake Stories*; ou *Wandering Willie's Tale* (*A história do errante Willie*) em *Redgauntlet*. Na segunda, a força do espectral e do diabólico é reforçada pela banalidade grotesca de discurso e atmosfera. Em 1830, Scott publicou seu *Letters on demonology and witchcraft* (*Cartas sobre demonologia e bruxaria*) que ainda é um de nossos melhores compêndios sobre o conhecimento europeu de bruxaria. Washington Irving é outra figura famosa com alguma conexão com o fantástico, pois embora a maioria dos seus fantasmas seja cômica e estapafúrdia demais para constituir uma genuína literatura espectral, um real pendor nessa direção pode ser notado em muitas de suas produções. *The german student* (*O estudante alemão*) em *Tales of a traveler* (*Histórias de um viajante*), 1824, é uma apresentação efetiva e inteligentemente concisa da velha lenda alemã da noiva morta, enquanto no tecido cósmico de *The money diggers* (Os cavadores de dinheiro), no mesmo volume, existe mais do que uma sugestão de aparições de piratas nos reinos percorridos um dia pelo Capitão Kidd. Thomas Moore também se uniu às fileiras dos artistas macabros no poema*Alciphron*, que ele mais tarde desenvolveu na novela em prosa *The epicurean* (*O epicurista*), 1827. Embora narrasse simplesmente as aventuras de um jovem ateniense logrado pelos artifícios de astuciosos sacerdotes egípcios, Moore consegue infundir muito de genuíno horror em seu relato de pavores e prodígios subterrâneos sob os templos primordiais de Menfis. De Quincey mais de uma vez se banqueteia com terrores ornamentados e grotescos, cuja pompa erudita e incoerente o exclui da classe de especialista.

Essa época assistiu também a ascensão de William Harrison Ainsworth, em cujas novelas românticas abundam o sobrenatural e o medonho. O Capitão Marryat, além de escrever contos como

*The werewolf* (*O lobisomem*) fez uma memorável contribuição com *The phantom ship* (*O navio fantasma*), 1839, baseado na lenda do Holandês Voador, cujo navio espectral e maldito veleja para sempre perto do Cabo da Boa Esperança. Dickens surge então com peças fantásticas ocasionais como *The signalman* (*O sinaleiro*), um conto de presságio funesto conforme um padrão muito comum e tocado pela verossimilhança que o unia tanto à emergente escola psicológica quanto à moribunda escola gótica. Floresceu, por essa época, uma onda de interesse, muito semelhante à de hoje, por charlatanismo espiritualista, mediunidade, teosofia hindu, e coisas assim, e com isso o número de histórias fantásticas com base "psíquica" ou pseudocientífica se tornou muito considerável. Algumas dessas foram da responsabilidade do prolífico e popular Edward Bulwer-Lytton; e apesar das largas doses de retórica empolada e romantismo vazio de seus produtos, seu sucesso na tessitura de um certo tipo de charme bizarro não pode ser negado.

The house and the brain (A casa e o cérebro) que insinua o rasacrucianismo e uma figura maligna e imortal inspirada, talvez, no misterioso St. Germain, cortesão de Luis XV, sobrevive até hoje como uma das melhores histórias de casa mal-assombrada já escritas. A novela Zanoni, 1842, contém elementos parecidos manejados com maior refinamento e introduz uma vasta esfera desconhecida de criaturas forçando caminho para nosso mundo e guardada por um horrível "Habitante do umbral" que persegue os que tentam entrar e fracassam. Temos aqui uma irmandade benigna mantida viva ao longo das eras até ser finalmente reduzida a um único membro, e como herói, um velho feiticeiro caldeu sobrevivendo no frescor prístino da juventude para perecer na guilhotina da Revolução Francesa. Embora carregada do espírito convencional da novela, prejudicada por uma densa rede de significados simbólicos e didáticos, e inconvincente pela falta de uma perfeita realização atmosférica das situações articuladas com o mundo espectral, Zanoni é realmente uma performance excelente como novela romântica e pode ser lida com genuíno interesse pelo leitor não muito sofisticado. É divertido observar que, ao descrever uma tentativa de iniciação na velha irmandade, o autor não consegue escapar do uso do repertório do castelo gótico de linhagem walpoliana.

Em *A strange story* (*Uma estranha história*), 1862, Bulwer-Lytton revela um avanço notável na criação de imagens e climas fantásticos. A novela, apesar de sua enorme extensão, uma trama altamente artificial sustentada por coincidências oportunas e uma atmosfera homilética pseudocientífica para agradar o trivial e prosaico leitor vitoriano, é extremamente eficaz como narrativa, evocando interesse instantâneo e persistente, e proporcionando muitos quadros e desenlaces poderosos — ainda que um pouco melodramáticos. De novo temos o misterioso usuário de elixir da vida na pessoa do desalmado mágico Margrave, cujas investigações tenebrosas se desenrolam com dramática intensidade contra o pano de fundo moderno de uma tranquila cidadezinha inglesa e do sertão australiano; e de novo, temos insinuações sombrias de um vasto mundo espectral do desconhecido no próprio ar que nos cerca — manejado aqui com um poder e vitalidade muito maiores do que em *Zanoni*. Uma das duas grandes passagens fantásticas, em que o herói é forçado por um espírito maligno luminoso a se levantar, à noite, durante o sono, pegar uma estranha vara mágica egípcia e invocar presenças abjetas no pavilhão assombrado e de frente para o mausoléu de um famoso alquimista da Renascença, situa-se de fato entre as maiores cenas de terror da literatura. Apenas o suficiente é sugerido, e apenas o pouco suficiente é dito. Palavras misteriosas são ditadas duas vezes ao sonâmbulo, e quando ele as repete, o chão treme e todos os cachorros da região começam a latir para sombras amorfas entrevistas que se aproximam rastejando obliquamente ao luar. Quando um terceiro conjunto de palavras misteriosas lhe é soprado, o espírito do sonâmbulo se recusa a pronunciá-las como se a alma pudesse reconhecer horrores abismais extremos escondidos na mente; e, por último, a aparição de uma namorada ausente e anjo protetor quebra o feitiço maligno. Esse fragmento ilustra bem até que ponto Lorde Lytton era capaz de ir além de seu romance de pompa e vazio habitual para aquela essência cristalina de pavor artístico que pertence ao âmbito da poesia. Na descrição de alguns detalhes de encantamentos, Lytton se apoiou muito, de forma divertida, em seus estudos sérios do oculto, em meio aos quais entrou em contato com aquele singular estudioso e cabalista francês Alphonse Louis Constant ("Eliphas Levy"), que alegava possuir os segredos da magia antiga e de ter evocado o espectro do antigo sábio grego Apollonius de Tyana, que viveu nos tempos de Nero.

A tradição romântica, meio gótica, quase moral, aqui representada entrou pelo século XIX adentro com autores como Joseph Sheridan LeFanu, Wilkie Collins, o sempre lembrado Sir H. Rider Haggard — cujo *She* (*Ela*) é, de fato, notavelmente bom —, Sir A. Conan Doyle, H.G. Wells e Robert Louis Stevenson — o último deles, apesar de uma tendência atroz para maneirismos vistosos, produziu clássicos eternos em *Markheim, the Body Snatcher* (*O invasor de corpos*) e *Dr. Jekyll and Mr. Hyde* (*O médico e o monstro*). Aliás, podemos dizer que essa escola ainda sobrevive, pois a ela pertencem claramente os contos de horror contemporâneos especializados mais em acontecimentos que em detalhes de atmosfera, que falam mais ao intelecto que à imaginação impressionista, cultivam antes um glamour luminoso do que uma tensão maligna ou verossimilhança psicológica, e adotam uma atitude definida de simpatia para com a humanidade e seu bem-estar. Ela tem sua força inegável, e por conta de seu "elemento humano" ganha uma audiência mais ampla que o pesadelo artístico puro e simples. Se não é tão potente quanto este último, é porque um produto diluído jamais poderá alcançar a intensidade de uma essência concentrada.

Muito solitária, seja como novela, seja como peça de literatura de terror, é a famosa *Wuthering Heights* (*O morro dos ventos uivantes*),

1847, de Emily Brontë, com suas visões alucinadas de pântanos soturnos varridos pelo vento de Yorkshire e as vidas violentas, desnaturadas que eles fomentam. Conquanto seja, sobretudo, uma história de vidas e paixões humanas em agonia e conflito, seu cenário de epopeia cósmica abre espaço para um horror de tipo mais espiritual. Heathcliff, o vilão-herói byroniano modificado, é uma criança abandonada estranha e soturna que é encontrada muito nova na rua, falando apenas uma algaravia esquisita até ser adotada pela família que acabará arruinando. Que ele seja, na verdade, um espírito diabólico e não um ser humano é sugerido mais de uma vez, e o sobrenatural é abordado também na experiência do visitante que vê uma criança-fantasma lamurienta numa janela do andar superior roçada por um galho de árvore. Entre Heathcliff e Catherine Earnshaw existe um laço de união mais profundo e mais terrível que o amor humano. Depois que ela morre, ele por duas vezes perturba o seu sepulcro e é assombrado por uma presença impalpável que não pode ser nada menos que o espírito dela. O espírito entra cada vez mais em sua vida até que ele passa a acreditar numa iminente união mística. Ele diz que sente uma estranha mudança se aproximando e para de se alimentar. À noite, ora ele caminha do lado de fora da casa, ora abre a folha da janela rente à sua cama. Quando ele morre, a folha da janela está aberta, balançando sob a chuva, e um sorriso singular invade o rosto enrijecido. Eles o enterram num túmulo próximo ao morro por onde ele errou durante dezoito anos, e jovens pastores afirmam que ele ainda caminha com Catherine no cemitério e no pântano quando chove. Seus rostos também são vistos, às vezes, nas noites chuvosas, por trás daquela janela no andar superior de *Wuthering Heights*. O terror macabro de Miss Brontë não é uma simples ressonância gótica, mas uma tensa expressão da reação apavorada do homem ao desconhecido. Quanto a isso, *Wuthering Heights* torna-se o símbolo de uma transição literária e assinala o crescimento de uma escola nova e mais sólida.

# A literatura espectral na Europa continental

Na Europa continental, o horror literário se deu bem. Os célebres contos e novelas de Ernst Theodor Wilhelm Hoffmann (1776-1822) são um exemplo de suavidade de cenário e maturidade de forma, embora se inclinem à futilidade e à extravagância e lhe faltem os momentos exaltados de puro e paralisante terror que um escritor menos sofisticado poderia ter atingido. Em geral, eles transmitem sobretudo o grotesco em vez do terrível. A mais artística de todas as narrativas fantásticas continentais é o clássico alemão *Undine*, 1814, de Friedrich Heinrich Karl, Baron de la Motte Fouqué. Nessa história de um espírito das águas que desposou uma mortal e conquistou alma humana existe uma elaboração refinada que o torna notável em qualquer departamento da literatura, e uma naturalidade tranquila que o aproxima do genuíno mito folclórico. Ele deriva, aliás, de uma história contada pelo médico e alquimista da Renascença, Paracelso, em seu *Treatise on Elemental Sprites* (*Tractatus de ente spirituali — Tratado sobre espíritos elementares*).

Undine, filha de um poderoso príncipe aquático, foi trocada, quando criança, por seu pai, pela filha de um pescador para que ela pudesse adquirir alma casando-se com um ser humano. Encontrando o jovem nobre Huldbrand na choupana de seu padrasto à beira-mar, ao lado de um bosque mal-assombrado, ela logo se casa com ele e o acompanha ao seu castelo ancestral de Ringstetten. Huldbrand, porém, acaba se enfadando dos parentes sobrenaturais de sua esposa e, especialmente, das aparições do tio dela, o maligno espírito das cascatas do bosque Kuhleborn, enfado esse aumentado por sua crescente afeição por Berthalda, a filha do pescador por quem Undine fora trocada. Por fim, numa viagem descendo o Danúbio, ele é provocado por algum ato inocente de sua devotada esposa a dizer as palavras iradas que a enviam de volta ao seu elemento sobrenatural, do qual, pelas leis de sua espécie, ela só pode voltar uma única vez — para matá-lo, queira ela ou não, se ele algum dia se mostrar infiel à sua memória. Mais adiante, quando Huldbrand está prestes a se casar com Berthalda, Undine retorna para sua triste sina e, em lágrimas, tira-lhe a vida. Quando ele é enterrado entre seus pais no cemitério da aldeia, uma figura feminina velada e branca como a neve aparece entre os pranteadores, mas depois da oração ela não é mais vista. Em seu lugar aparece uma pequena fonte prateada que murmureja circundando quase completamente o túmulo e deságua num lago vizinho. Os aldeões a mostram até hoje e dizem que Undine e seu Huldbrand estão assim unidos na morte. Muitas passagens e traços atmosféricos dessa história revelam em Fouqué um rematado artista no campo do macabro, especialmente nas descrições do bosque assombrado com seu gigantesco homem branco como a neve, e nos diversos horrores inomináveis que aparecem no começo da narrativa.

Menos conhecido do que *Undine*, mas notável por seu convincente realismo e por se libertar dos recursos do repertório gótico, é *The amber Witch* (*Die Bernsteinhexe Maria Schweidler — A bruxa de âmbar*) de Wilhelm Meinhold, outro produto do gênio fantástico alemão do início do século XIX. Essa história, situada no tempo da Guerra dos Trinta Anos, passa por ser o manuscrito de um clérigo encontrado numa velha igreja de Coserow, e gira em torno da filha do escritor, Maria Schweidler, que é injustamente acusada de bruxaria. Ela encontrou um depósito de âmbar que mantém em segredo por várias razões, e a riqueza inexplicada que ele lhe confere fortalece a acusação; uma acusação instigada pela perversidade do nobre caçador de lobos Wittich Appelmann, que a perseguira sem sucesso com intenções ignóbeis. As proezas de uma bruxa verdadeira, que mais adiante sofre um horrível fim sobrenatural na prisão, são prontamente imputadas à infortunada Maria, e depois de um típico julgamento por bruxaria com confissões extraídas sob tortura, ela está prestes a ser queimada na fogueira quando é salva no último instante por seu amado, um jovem nobre de um distrito vizinho. A grande força de Meinhold está no ar de verossimilhança casual e realista que intensifica nosso suspense e o senso do desconhecido, quase nos persuadindo de que, de alguma forma, os acontecimentos ameaçadores devem ser verdadeiros ou muito próximos disso. Com efeito, seu realismo é tão completo que certa vez uma revista popular publicou os pontos principais de *The amber witch* como um acontecimento real do século XVII!

Na presente geração, a ficção de horror alemã é especialmente representada por Hanns Heinz Ewers, que traz em apoio a suas concepções negras um efetivo conhecimento de psicologia moderna. Novelas como *The sorcerer's apprentice* (*Der Zauberlehrling — O aprendiz de feiticeiro*), e *Alrune* (*Alraune, Die Geschichte eines lebendigen Wesens*), e contos como *The spider* (*Die Spinne — A aranha*) contêm qualidades distintas que os alçam a um nível clássico.

Mas a França, além da Alemanha, tem sido ativa no reino do sobrenatural. Victor Hugo, em histórias como *Hans of Iceland* (*Hans d'Islande — Hans da Islândia*) e Balzac, em *The wild ass's skin* (*Le peau de chagrin — A pele de asno selvagem*), *Seraphita* e *Louis Lambert*, ambos empregam o sobrenaturalismo em maior ou menor escala, embora, em geral, somente como um meio para algum fim mais humano e sem a intensidade sincera e demoníaca que caracteriza o artista nato do sobrenatural. É em Théophile Gautier que aparece, pela primeira vez, um autêntico sentido francês do mundo irreal, e aqui encontramos um mistério espectral que, embora não seja continuamente usado, é reconhecível de imediato como algo a um só tempo genuíno e profundo. Contos curtos como *Avatar, The foot of the mummy* (*Le pied de momie — O pé da múmia*) e *Clarimonde* exibem vislumbres de visões proibidas que fascinam, tantalizam e, às vezes, horrorizam; enquanto as visões egípcias evocadas em *One of Cleopatra's nights* (*Une nuit de Cléopâtre — Uma das noites de Cleópatra*) apresentam o mais agudo e expressivo vigor. Gautier capta a alma mais profunda do Egito milenar com sua existência enigmática e arquitetura ciclópica, e expressa para sempre o horror eterno de seu mundo inferior de catacumbas onde, até o fim dos tempos, milhões de cadáveres rígidos, embalsamados, olharão das trevas para cima com os olhos vidrados, esperando algum chamado apavorante e indizível. Gustave Flaubert deu continuidade competente à tradição de Gautier em orgias de criação poética como *The Temptation of St. Anthony* (*La Tentation de Saint Antoine — A tentação de Santo Antão*), e não fosse um forte viés realista, poderia ter sido um arquitecelão de tapeçarias de terror. Mais adiante, vemos a tendência se dividir produzindo os curiosos poetas e fantasistas das escolas simbolista e decadentista cujos interesses no oculto centram-se mais, de fato, nas anormalidades do pensamento e do instinto humanos que no verdadeiro sobrenatural, e contadores de história sutis cujas emoções derivam diretamente dos tétricos abismos da irrealidade cósmica. Dos primeiros, a classe de "artistas em pecado", o ilustre poeta Baudelaire, influenciado enormemente por Poe, é o tipo supremo, enquanto o novelista psicológico Joris-Karl Huysmans, uma verdadeira cria da última década do século XVIII, é a um só tempo a soma e o final. Dos últimos, a classe do puramente narrativo é continuada por Prosper Merimée, cujo *Venus of Ille* apresenta em prosa concisa e convincente o mesmo tema antigo da estátua-noiva que Thomas Moore vazou em forma de balada em *The Ring*.

As histórias de horror do vigoroso, e cético Guy de Maupassant, escritas quando sua loucura final gradualmente o dominava, apresentam particularidades, sendo antes as expansões mórbidas de um espírito realista num estado patológico, do que produtos imaginativos saudáveis de uma visão naturalmente propensa à fantasia e sensível às ilusões normais do desconhecido. No entanto, elas são de enorme interesse e contundência, sugerindo com uma força impressionante a iminência de terrores inomináveis e a perseguição implacável de um indivíduo desventurado por representantes repulsivos e ameaçadores das trevas siderais. Dessas histórias, *The Horla* (*Le Horla — O horla*) é amplamente considerada a obra-prima. Narrando a chegada na França de uma criatura invisível que vive em água e leite, domina as mentes das pessoas e parece ser a ponta de lança de uma horda de criaturas extraterrestres chegadas a Terra para subjugar e esmagar a humanidade, esta narrativa suscita uma tensão sem igual, talvez, em seu campo particular, não obstante sua dívida para com um conto do americano Fitz-James O'Brien nos detalhes da descrição da presença real do monstro invisível. Outras criações poderosamente tenebrosas de Maupassant são *Who Knows?* (*Qui sait? — Quem sabe?*), *The Spectre* (*Le Spectre — O espectro*), *He* (*Lui? — Ele?*), *The Diary of a Madman* (*Un Fou — O diário de um louco*), *The White Wolf* (*Le Loup — O lobo branco*), *On the River* (*Sur l'Eau — No rio*), e o poema apavorante intitulado *Horror* (*Terreur*).

Os coautores Erckmann-Chatrian enriqueceram a literatura francesa com muitas fantasias espectrais como *The man-wolf* (*Hugues-le-Loup — O homem-lobo*), em que uma maldição transmitida opera para se cumprir no cenário tradicional do castelo gótico. Seu poder de criar uma atmosfera arrepiante de meia-noite era tremendo apesar de uma tendência para explicações naturais e proezas científicas; e poucos contos curtos abrigam um horror maior que *The Invisible Eye* (*L'Oeil Invisible — O olho invisível*), em que uma velha bruxa maligna urde feitiços hipnóticos noturnos que induzem os sucessivos ocupantes de um certo quarto de hospedaria a se enforcarem numa viga transversal. *The Owl's Ear* (*L'Oreille de la Chouette — O ouvido da coruja*) e *The Waters of Death* (*L'Arignée-Crabe — As águas da morte*) estão cheios de trevas e mistérios envolventes, o último incorporando o tema familiar da aranha gigante usado com tanta frequência por ficcionistas de terror. Villiers de l'Isle Adam também seguiu a escola macabra; seu *Torture by Hope* (*La Torture par l'Espérance — Tortura da esperança*) conta a história de um prisioneiro condenado à fogueira a quem permitem escapar para que sinta o sofrimento da recaptura, é considerada, por alguns, o conto mais lacerante da literatura. Esse gênero, porém, é menos parte da tradição de horror que de uma classe peculiar dela — a do chamado "conto cruel", em que o arrebatamento das emoções é alcançado por provações dramáticas, frustrações e horrores físicos pavorosos. Dedicado quase inteiramente a essa forma é o escritor vivo Maurice Level, cujos episódios muito curtos se prestaram tão bem à adaptação teatral nos *thrillers* do Grand Guignol. Aliás, o gênio francês é mais naturalmente adequado a esse realismo misterioso que à sugestão do não visto, pois este último processo requer, para seu melhor e mais simpático desenvolvimento em larga escala, o misticismo inerente à mentalidade setentrional.

Um ramo de grande florescimento embora até recentemente desconhecido da literatura fantástica é o dos judeus, conservado e nutrido na obscuridade pela herança sombria de magia oriental primitiva, literatura apocalíptica e cabala. O espírito semita, da mesma forma que o celta e o teutônico, parece possuir fortes inclinações místicas, e a riqueza da cultura de horror subterrâneo sobrevivente em guetos e sinagogas deve ser mais considerável do que geralmente se imaginava. A própria cabala, tão proeminente durante a Idade Média, é um sistema de filosofia que explica o universo como emanações da Divindade e envolve a existência de estranhos reinos e criaturas espirituais apartados do mundo visível, dos quais se podem ter vislumbres mediante certas fórmulas mágicas secretas. Seu ritual está relacionado a interpretações místicas do Velho Testamento e atribui um significado esotérico a cada letra do alfabeto hebraico — circunstância esta que conferiu às letras hebraicas uma espécie de vigor e encanto espectral na literatura popular de magia. O folclore judaico preservou muito do terror e mistério do passado, e quando for estudado mais intensamente é provável que exerça uma influência considerável na ficção fantástica. Os melhores exemplos de seu uso literário até agora são a novela alemã *The golem* (*Der golem*) de Gustav Meyrink, e a peça dramática *The dyhbuk* (*Dyhbuk*) do escritor judeu usando o pseudônimo "Ansky". A primeira, com suas assombrosas sugestões imaginárias de prodígios e horrores além da compreensão, passa-se em Praga e descreve com singular maestria o antigo gueto da cidade com seus espectrais telhados pontiagudos. O nome provém de um fabuloso gigante artificial supostamente produzido e animado por rabinos medievais seguindo uma fórmula misteriosa. *The dyhbuk*, traduzido e encenado nos Estados Unidos em 1925, e, mais recentemente, montado como ópera, descreve com singular poder de expressão a possessão de um corpo vivo pela alma maligna de um morto. Tanto *golems* como *dyhbuks* são tipos fixos, e com frequência servem de ingredientes na tradição judaica posterior.

# edgar allan poe

Nos anos 30 do século XIX ocorreu um alvorecer literário que afetou diretamente não só a história do conto fantástico, mas a da ficção curta em geral também; e, indiretamente, moldou as tendências e o destino de uma importante escola estética europeia. É nossa sorte, como norte-americanos, podermos reivindicar para nós esse alvorecer, pois ele veio na pessoa de nosso mais ilustre e desafortunado conterrâneo, Edgar Allan Poe. A fama de Poe tem sofrido oscilações curiosas e agora é moda entre a "*intelligentsia* avançada" minimizar sua importância como escritor e como influência; mas seria difícil para qualquer crítico maduro e reflexivo negar o valor tremendo de sua obra e a potência persuasiva de sua mente para abrir horizontes estéticos. É verdade que seu tipo de enfoque pode ser anterior a ele, mas foi ele quem percebeu, pela primeira vez, suas possibilidades, e lhe deu uma forma suprema e uma expressão sistemática. É verdade também que escritores que o sucederam podem ter apresentado contos isolados melhores que os seus, mas, de novo, precisamos compreender que foi somente ele que os ensinou, com exemplos e preceitos, a arte que eles, tendo o caminho aplainado à sua frente e com um guia explícito, foram capazes talvez de levar a extensões maiores. Sejam quais forem suas limitações, Poe fez o que nenhum outro havia feito ou poderia ter feito, e a ele devemos a moderna história de horror em seu estado final e aprimorado.

Antes de Poe, o grosso dos escritores fantásticos havia trabalhado, largamente, no escuro, sem compreender a base psicológica da atração do horror e prejudicados, em maior ou menor grau, pela obediência de certas convenções literárias vazias como a do final feliz, a da virtude recompensada e, em geral, por um didatismo moral oco, a aceitação de valores e modelos populares e o empenho do autor para imiscuir suas próprias emoções na história e se alinhar com os partidários das ideias artificiais da maioria. Poe, ao contrário, percebeu a impessoalidade essencial do verdadeiro artífice, e sabia que a função da ficção criativa é apenas expressar e interpretar acontecimentos e sensações como eles são, indiferentemente de para o que eles tendem ou o que provam — bem ou mal, atrativo ou repulsivo, estimulante ou deprimente — com o autor agindo antes como um cronista vigoroso e distanciado do que como um professor, simpatizante ou formulador de opinião. Ele via com clareza que todas as fases da vida e do pensamento são temas igualmente propícios para o escritor, e inclinado que era, por temperamento, à estranheza e à melancolia, resolveu ser o intérprete daqueles poderosos sentimentos e frequentes ocorrências que acompanham a dor e não o prazer, a decadência e não o progresso, o terror e não a tranquilidade, e que são, no fundo, adversos ou indiferentes aos gostos e aos sentimentos superficiais ordinários da humanidade, e para a saúde, sanidade, e bem-estar crescente, normais da espécie.

Os espectros de Poe adquiriram assim uma malignidade convincente que nenhum de seus predecessores possuía e estabeleceram um novo padrão de realismo nos anais do horror literário. A tentativa artística e impessoal era ajudada também por uma atitude científica antes raramente vista; com ela Poe estudava a mente humana e não os hábitos da ficção gótica, e trabalhava com um conhecimento analítico das verdadeiras fontes do terror que duplicava a força de suas narrativas e o emancipava de todos os absurdos inerentes à mera produção convencional de sustos. Estabelecido esse exemplo, os autores que vieram depois foram naturalmente obrigados a se adequar a ele até mesmo para competir; e assim, dessa maneira, uma mudança definitiva começou a afetar a corrente principal da escrita macabra. Poe também estabeleceu um estilo de consumado artesanato, e embora hoje alguns de seus trabalhos pareçam um pouco melodramáticos e triviais, podemos rastrear constantemente sua influência em coisas como a manutenção de um tom único e a consecução de uma impressão única num conto, e o rigoroso desbaste de incidentes, deixando apenas os que guardam uma relação direta com a trama e figurarão com destaque no clímax. Em verdade, pode-se dizer que Poe inventou o conto em sua forma presente. Sua elevação de doença, perversidade, e decadência ao nível dos temas que mereciam uma expressão artística tiveram também um efeito de longo alcance, pois, avidamente agarrada, promovida e intensificada por seu eminente admirador francês Charles Pierre Baudelaire, ela se tornou o núcleo dos principais movimentos estéticos na França, fazendo de Poe, em certo sentido, o pai dos Decadentes e dos Simbolistas.

Poeta e crítico por natureza e superior talento, lógico e filósofo por gosto e maneirismo, Poe não foi imune a defeitos e afetações. Sua pretensão a uma erudição profunda e obscura, suas investidas canhestras num pseudo-humor pomposo e culto, e suas explosões muitas vezes virulentas de preconceito crítico devem ser todas reconhecidas e perdoadas. Para além e acima delas, e reduzindo-as à insignificância, estava uma visão de mestre do terror que nos rodeia e nos penetra, e do verme que se contorce e baba no abismo pavorosamente próximo.

Penetrando em cada horror desta farsa garbosa chamada existência, e na solene simulação humana chamada criatividade e sentimento, essa visão teve o poder de se projetar em cristalizações e transmutações de magia negra até que floresceu na estéril América dos anos 30 e 40 do século XIX um tal jardim enluarado de magníficos fungos venenosos de que nem mesmo as profundezas infernais de Saturno poderiam se jactar. O peso do pânico cósmico foi sustentado tanto em versos como em contos. O corvo cujo bico repulsivo perfura o coração, os duendes que tangem sinos de ferro em campanários pestilentos, a cripta de Ulalume na tétrica noite de outubro, os pináculos e cúpulas alucinantes no fundo do mar, o "clima selvagem, fantástico, que reina, sublime, fora do Espaço — fora do Tempo" —, todas essas coisas e outras mais nos espreitam das aliterações maníacas no pesadelo febril da poesia. E na prosa, escancaram-se para nós as mandíbulas do poço — anomalias inconcebíveis sugeridas com discrição numa meia compreensão horrível por palavras de cuja inocência raramente duvidamos até que a tensão entrecortada da voz cava do orador nos faz temer suas implicações inomináveis; formas demoníacas e presenças mefíticas modorrando até serem despertadas por um instante fóbico numa revelação ululante que lampeja na loucura súbita ou explode em ecos memoráveis e cataclísmicos. Um Sabá de horror com Bruxas despindo-se de suas vestes apropriadas se projeta à nossa frente — uma visão ainda mais monstruosa pela habilidade científica com que cada detalhe é burilado e posto numa relação aparentemente fácil com a hediondez conhecida da vida material.

Os contos de Poe se encaixam em diversas classes, é claro; alguns contêm uma essência de horror espiritual mais pura que outros. Os contos de lógica e raciocínio, precursores da moderna história de detetives, não devem ser incluídos na literatura fantástica, enquanto outros, provavelmente muito influenciados por Hoffmann, são de uma extravagância que os relega à fronteira do grotesco. Um terceiro grupo ainda, trata de psicologia anormal e monomania para expressar terror, mas não o sobrenatural. Um resíduo substancial, porém, representa a literatura de horror sobrenatural em sua forma mais intensa, e confere a seu autor um lugar permanente e inatacável em sua magnitude como manancial de toda a ficção diabólica moderna. Quem poderá esquecer o terrível navio, soberbo na crista do vagalhão em *MS found in a bottle* (*Manuscrito encontrado numa garrafa*) — as sugestões misteriosas de sua idade extraordinária e seu monstruoso crescimento, sua sinistra tripulação de anciãos cegos e sua pavorosa corrida para o sul, com as velas enfunadas, pelo gelo da noite Antártica, sugado por alguma corrente diabólica irresistível para um vórtice de luzes sinistras que seguramente terminará em destruição?

Depois, há o inexprimível *M. Valdemar* (*The facts in the case of M. Valdemar — Os fatos que envolveram o caso de Mr. Valdemar*) conservado intacto, por hipnotismo, por sete meses depois de sua morte, e emitindo sons desarticulados até o momento em que o feitiço se quebra e o transforma "numa massa quase líquida de repulsiva, de abjeta putrescência". Em *Narrative of A. Gordon Pym* (*A narrativa de A. Gordon Pym*), os viajantes chegam primeiro a uma estranha região no Polo Sul, habitada por selvagens assassinos, onde nada é branco e vastas ravinas rochosas têm a figura de letras egípcias titânicas exprimindo terríveis arcanos primordiais da Terra; e depois um reino ainda mais misterioso onde tudo é branco, e gigantes amortalhados e pássaros com plumas cobertas de neve guardam uma misteriosa catarata de névoa que deságua de alturas celestiais imensuráveis num tórrido mar leitoso. *Metzengerstein* horroriza com suas sugestões malignas de uma monstruosa metempsicose — o nobre louco que queima a estrebaria de seu inimigo hereditário; o colossal cavalo misterioso que sai do edifício em chamas depois que seu dono pereceu lá dentro; o pedaço evanescente de tapeçaria antiga onde era mostrado o cavalo gigante do ancestral da vítima nas Cruzadas; a cavalgada contínua e alucinada do louco no grande cavalo, e seu medo e ódio do corcel; as profecias confusas que pairam obscuramente sobre as casas beligerantes; e, finalmente, a queima do palácio do louco e a morte do proprietário, carregado impotente para as chamas e subindo a vasta escadaria, escarranchado no animal que tão estranhamente cavalgara. Depois, a fumaça que emana das ruínas toma a forma de um gigantesco corcel. *The man of the crowd* (*O homem da multidão*), falando de um homem que caminha dia e noite a esmo para se misturar com a multidão como se tivesse medo de ficar sozinho, tem efeitos mais tranquilos, mas implica nada menos que o medo cósmico. A mente de Poe nunca ficou longe de terror e decadência, e notamos em cada conto, poema e diálogo filosófico a tensa ansiedade de investigar abismos insondáveis da noite, perfurar o véu da morte e reinar em fantasia como senhor dos mistérios apavorantes de tempo e espaço.

Alguns contos de Poe possuem uma perfeição quase absoluta de forma artística que os torna verdadeiros faróis na província da narrativa curta. Poe conseguia dar à sua prosa, sempre que queria, um traço ricamente poético; empregando aquele estilo arcaico e orientalizado de frase lapidada, repetição quase bíblica e bordão recorrente usado com tanto êxito por escritores que vieram depois como Oscar Wilde e Lorde Dunsany; e nos casos em que ele fez isso, temos um efeito de fantasia lírica quase narcótica — um cortejo de sonhos de ópio na linguagem de sonho, com toda a cor sobrenatural e as imagens grotescas simbolizadas numa sinfonia de sons correspondentes. *The masque of the red death* (*A máscara da morte rubra*), *Silence, a fable* (*Silêncio, uma fábula*) e *Shadow, a parable* (*Sombra, uma parábola*) são seguramente poemas em todos os sentidos da palavra, salvo o métrico, e devem muito de seu poder tanto à cadência auditiva como às imagens visuais. Mas é em dois dos contos menos abertamente poéticos, *Ligeia* (*Ligéia*) e *The fall of the house of Usher* (*A queda da casa de Usher*) — especialmente no último — que se encontram aqueles verdadeiros ápices de talento artístico que conferem a Poe seu lugar à testa dos miniaturistas ficcionais. De trama simples e direta, esses dois contos devem sua suprema magia ao hábil desenvolvimento que se manifesta na seleção e posicionamento de cada mínimo incidente. *Ligeia* trata de uma primeira esposa de origem nobre e misteriosa que, depois da morte, retorna por uma força de vontade sobrenatural para se apossar do corpo de uma segunda esposa, impondo inclusive sua aparência física ao cadáver temporariamente reanimado de sua vítima no último momento. Apesar de uma suspeita de prolixidade e desequilíbrio, a narrativa atinge seu clímax aterrorizante com inquestionável vigor. *Usher*, cuja superioridade em detalhe e proporção é muito acentuada sugere de maneira horripilante a vida obscura de coisas inorgânicas e mostra uma tríade anormalmente relacionada de entidades ao fim de uma longa história de uma família isolada — um irmão, sua irmã gêmea e sua casa incrivelmente antiga partilhando todos uma mesma alma e encontrando uma dissolução comum no mesmo momento.

Essas concepções bizarras, tão esquisitas em mãos pouco talentosas, tornam-se terrores vivos e convincentes sob a magia de Poe para assombrar nossas noites; e tudo porque o autor compreendia com extrema perfeição a mecânica e fisiologia do medo e da estranheza — os detalhes essenciais a enfatizar, as incongruências e conceitos precisos a selecionar como preliminares ou concomitantes do horror, os incidentes e alusões exatos para soltar inocentemente, de antemão, como símbolos ou prefigurações de cada passo importante para o *dénouement* repulsivo por vir, a excelente dosagem da força acumulada e a infalível precisão na articulação das partes que conduzem a uma impecável unidade geral e uma assustadora eficiência no momento culminante, as delicadas nuances de valor cênico e paisagístico a selecionar no estabelecimento e sustentação do estado de espírito desejado e vitalizando a ilusão desejada — princípios desse tipo, e dezenas de outros mais obscuros, fugidios demais para serem descritos, ou mesmo, plenamente compreendidos, por um comentarista comum. Melodrama e falta de sofisticação pode haver — ouvimos falar de um francês empolado que só suportava ler Poe na tradução comportada e nas modulações francesas de Baudelaire — mas todos os traços dessas coisas são absolutamente ofuscados pelo sentimento poderoso e inato do espectral, do mórbido e do horrível que emanaram de cada célula da mentalidade criativa do autor e gravaram sua obra macabra com a marca indelével do gênio supremo. Os contos fantásticos de Poe estão *vivos* de uma maneira que poucos outros poderão jamais almejar.

Como a maioria dos ficcionistas, Poe sobressai mais em incidentes e amplos efeitos narrativos do que na construção de personagens. Seu protagonista típico é um cavalheiro soturno, elegante, altivo, melancólico, intelectual, altamente sensível, caprichoso, introspectivo, solitário e, às vezes, um pouco maluco, de família ancestral e condições opulentas; em geral, profundamente versado em conhecimentos exóticos, e com uma terrível ambição de penetrar nos segredos ocultos do universo. Afora seu nome altissonante, esse personagem obviamente tem pouco a ver com novela gótica primitiva, pois ele não é, claramente, nem o herói insensível, nem o vilão diabólico da novela radcliffiana ou ludoviquiana. Indiretamente, porém, ele possui uma espécie de conexão genealógica, visto que suas características soturnas, ambiciosas e antissociais recendem fortemente ao típico herói byroniano que, por sua vez, é um descendente dos Manfreds, Montonis e Ambrosios góticos. Qualidades mais particulares parecem advir da psicologia do próprio Poe, que com certeza tinha muito da depressão, sensibilidade, aspiração insana, solidão e esquisitice extravagante que ele atribui a suas vítimas altivas e solitárias do Destino.

# A tradição fantástica nos Estados Unidos

O público para o qual Poe escrevia, embora em geral fosse incapaz de apreciar sua arte, estava acostumado, porém, aos horrores com os quais ele lidava. Os Estados Unidos, além de herdarem o folclore sobrenatural comum da Europa, tinham um fundo adicional de associações fantásticas para explorar e já havia reconhecido nas lendas espectrais um tema frutífero para a literatura. Charles Brockden Brown conquistara um prestígio estrondoso com seus romances radcliffianos, e o tratamento mais leve de temas fantásticos por Washington Irving logo se tornou clássico. Esse fundo adicional procedia, como assinalou Paul Elmer More, dos profundos interesses espirituais e teológicos dos primeiros colonos adicionados à natureza estranha e agreste do ambiente em que estavam imersos. As enormes e deprimentes matas virgens em cujo perpétuo lusco-fusco todos os terrores podiam estar à espreita; as hordas de índios cor de cobre cujas feições estranhas e sombrias e os costumes violentos sugeriam marcas profundas de uma origem infernal; a rédea solta que a influência da teocracia puritana concedia a todo tipo de ideia da relação entre o homem e o Deus severo e vingativo dos calvinistas, e o sulfuroso Adversário desse Deus, sobre o qual muito se vociferava nos púlpitos religiosos todos os domingos; e a mórbida introspecção desenvolvida por uma vida isolada no interior, privada das diversões normais e do espírito recreativo, fustigada pelas ordens de um autoexame teológico, afinada com uma repressão emocional desumana e constituindo-se, sobretudo, numa simples e austera luta pela sobrevivência — todas essas coisas conspiraram para produzir um ambiente em que os murmúrios soturnos de avós sinistras eram ouvidos além do canto da lareira e as histórias de bruxaria e de incríveis monstruosidades secretas persistiram muito tempo depois dos dias terríveis do pesadelo de Salém.

Poe representa a mais nova, a mais desenganadora e, tecnicamente, mais bem-acabada das escolas do fantástico que surgiram nesse meio propício. Uma outra escola — a tradição de valores morais, contenção suave, e fantasia leve, calma, mais ou menos matizada pela extravagância — é representada por outro ilustre, incompreendido e solitário símbolo das letras norte-americanas, o recatado e sensível Nathaniel Hawthorne, filho da antiga Salém e bisneto de um dos juízes mais sanguinários dos processos de bruxaria. Em Hawthorne, não temos nada da violência, da audácia, da fina ornamentação, do intenso sentido dramático, da maldade cósmica e do talento artístico indiviso e impessoal de Poe. Nele encontramos uma alma dócil refreada pelo puritanismo dos primeiros tempos da Nova Inglaterra, meditativa e tristonha, e mortificada por um universo amoral que, por toda parte, transcende aos padrões de pensamento convencionais de nossos antepassados para representar uma lei divina e imutável. O mal, uma força muito real para Hawthorne, aparece por todo lado como um adversário latente e conquistador; e o mundo visível torna-se, em sua imaginação, um teatro de infinita tragédia e sofrimento, com influências invisíveis meio existentes pairando sobre ele e através dele, lutando pela supremacia e forjando o destino dos mortais infelizes que constituem sua vã e autoiludida população. A herança do fantástico norte-americano era sua num grau muito intenso, e via uma multidão sombria de vagos espectros por trás dos fenômenos normais da vida. Mas ele não era desinteressado a ponto de valorizar impressões, sensações e belezas da narração por si mesmas. Ele precisa tecer a sua fantasia numa espécie de tecido serenamente melancólico com viés alegórico ou didático, em que o seu ceticismo um tanto resignado pudesse expor, com ingênua avaliação moral, a perfídia de uma raça humana que ele não podia deixar de alentar e lamentar, não sem perceber a sua hipocrisia. O horror sobrenatural nunca é o objeto principal em Hawthorne, portanto, embora seus impulsos estejam entranhados de tal forma em sua personalidade que ele não pode deixar de sugeri-lo com força de gênio quando convoca o mundo sobrenatural para ilustrar o sermão grave que deseja pregar.

As intimações do fantástico de Hawthorne, sempre amenas, fugidias e contidas, podem ser localizadas em toda sua obra. O estado de espírito que as produziu encontrou uma abertura deliciosa na recontagem germanizada de mitos clássicos para crianças reunidos em *A wonder book* (*Um livro das maravilhas*) e *Tanglewood tales* (*Histórias de Tanglewood*), e noutras vezes, exercitou-se lançando uma certa estranheza e feitiçaria, ou uma malevolência intangível em acontecimentos que não deveriam ser, na realidade, sobrenaturais, como na macabra novela póstuma *Dr. Grimshawe's secret* (*O segredo do Dr. Grimshawe*) que confere uma repulsa peculiar a uma casa existente até hoje em Salém, e que termina no antigo cemitério da rua Charter. Em *The marble faun* (*O fauno de mármore*) cujo desenho estava esboçado numa *villa* italiana com fama de mal-assombrada, um imenso pano de fundo de genuína fantasia e mistério palpita um pouco além do alcance da vista do leitor comum, e vislumbres de sangue mítico em veias mortais são sugeridos no curso de uma novela que não consegue deixar de ser interessante apesar do persistente pesadelo de alegoria moral, propaganda antipapista e afetação puritana que fez o escritor moderno D.H. Lawrence manifestar o desejo de tratar o autor de maneira altamente indigna. *Septimius Felton*, uma novela póstuma cuja ideia era para ter sido elaborada e introduzida no inacabado *Dolliver romance*, toca no Elixir da Longa Vida de modo mais ou menos competente, enquanto as anotações para uma história nunca escrita que se chamaria *The ancestral footstep* (*A pegada ancestral*) mostram o que Hawthorne teria feito com uma abordagem vigorosa de antiga superstição inglesa — a de uma linhagem ancestral e maldita cujos membros deixam pegadas de sangue quando andam — que aparece incidentalmente tanto em *Septimius Felton* como em *Dr. Grimshawe's secret.*

Muitos contos de Hawthorne exibem o fantástico, de atmosfera ou de incidente, em um grau notável. *Edward Randolph's portrait* (O retrato de Edward Randolph) em *Legends of the province house* (*Lendas da casa de província*) tem seus momentos diabólicos. *The minister's black veil* (*O véu preto do ministro*) baseado num acontecimento real, e *The ambitious guest* (*O hóspede ambicioso*) sugerem muito mais do que dizem, enquanto *Ethan Grand* — fragmento de um trabalho mais longo jamais completado — alcança alturas de genuíno medo cósmico com sua vinheta da região montanhosa selvagem e os ardentes e desolados fornos de cal, e seu bosquejo do byroniano "pecador imperdoável", cuja vida atribulada se encerra com uma gargalhada estrondosa no meio da noite enquanto ele busca o repouso entre as chamas de uma fornalha. Algumas notas de Hawthorne falam de histórias fantásticas que ele teria escrito se vivesse mais tempo — um enredo especialmente vigoroso trata de um enigmático estranho que aparecia de vez em quando em assembleias públicas e que, por fim, ao ser seguido, constatou-se que ele entrava e saía de um túmulo muito antigo.

A mais notável, porém, como unidade acabada e artística entre todo material fantástico de nosso autor é a famosa e curiosamente elaborada novela *The house of the seven gables* (*A casa das sete torres*) em que a ação ininterrupta de maldição ancestral se desenvolve com espantoso vigor no cenário sinistro de uma casa muito antiga de Salém — uma daquelas habitações góticas de telhado pontiagudo que constituíram as primeiras construções regulares de nossas cidades costeiras da Nova Inglaterra e deram lugar, depois do século XVII, às edificações com telhados de duas águas ou georgianos clássicos mais familiares, hoje conhecidos como "Coloniais". Dessas velhas casas góticas, cerca de uma dúzia, apenas, ainda podem ser vistas em sua condição original em todo os Estados Unidos, mas uma delas, conhecida como "Hawthorne", existe ainda na rua Turner, em Salém, e é apontada, com duvidosa autoridade, de ser o cenário e inspiração do romance. Essa construção, com suas pontas espectrais, chaminés enfeixadas, segundo andar saliente, mísulas de canto grotescas e janelas protegidas por gelósias em forma de losangos é, de fato, um objeto bem calculado para evocar reflexões sombrias, tipificando, como faz, a sombria era puritana de horror oculto e murmúrios sobre bruxaria que precedeu a beleza, racionalidade e amplidão do século XVIII. Hawthorne viu muitas delas em sua mocidade, e conhecia as histórias de horror que lhes atribuíam. Ele ouvira, também, os rumores sobre uma maldição que pesava sobre a sua própria linhagem devido à severidade de seu bisavô nos julgamentos de bruxas em 1692.

Desse cenário veio essa obra imortal — a maior contribuição da Nova Inglaterra para a literatura fantástica — e podemos sentir, num instante, a autenticidade da atmosfera que nos é apresentada. Horror invisível e doença espreitam do interior das paredes enegrecidas pelo tempo, incrustadas de musgo e sombreadas por um olmo da arcaica morada descrita com tanto colorido, e captamos a malignidade que paira sobre o lugar quando lemos que seu construtor — o velho coronel Pyncheon — arrebatou a terra com especial violência de seu ocupante original, Matthew Maule, a quem ele condenou à forca como bruxo no ano do pânico. Maule morreu amaldiçoando o velho Pyncheon — "Deus o fará beber sangue" — e as águas do velho poço da terra espoliada se tornaram amargas. O carpinteiro, filho de Maule, aquiesceu em construir a grande casa para o inimigo triunfante de seu pai, mas o velho coronel morreu de maneira estranha no dia de sua inauguração. Depois, gerações se sucederam com estranhas vicissitudes, sussurros misteriosos sobre poderes sobrenaturais dos Maule, e, às vezes, mortes terríveis atingindo os Pyncheon.

A malevolência onipresente da casa ancestral — quase tão intensa quanto a da *Casa de Usher*, de Poe, embora de maneira mais sutil — impregna a história como um motivo recorrente atravessa uma tragédia operística; e quando se chega à história principal, encontramos os modernos Pyncheon num estado de decadência lamentável. A pobre velha Hepzibah como a excêntrica pequena dama; o ingênuo e infeliz Clifford, recém-libertado de uma prisão não merecida; o astucioso e traiçoeiro juiz Pyncheon, que é o velho coronel de novo — todas essas figuras são símbolos formidáveis e com elas condizem perfeitamente a vegetação atrofiada e as aves anêmicas no jardim. É quase uma pena que ofereça um final feliz com a união da jovial Phoebe, prima e última descendente dos Pyncheon, com o jovem simpático que, conforme se descobre, é o último dos Maule. Essa união presumivelmente dá um fim à maldição. Hawthorne evita qualquer violência de expressão ou ação e conserva suas implicações de terror bem no fundo, mas vislumbres ocasionais servem amplamente para sustentar o clima e redimir a obra da pura aridez alegórica. Incidentes como o encantamento de Alice Pyncheon no início do século XVIII e a música espectral de seu cravo que precede alguma morte na família — esta última, uma variante de imemorial figura do mito ariano — associam a ação diretamente com o sobrenatural, enquanto a muda vigília noturna do velho juiz Pyncheon no salão ancestral, com seu assustador relógio tiquetaqueando, é horror puro do mais contundente e genuíno. O modo como a morte do juiz é pressagiada pelos movimentos e o farejar de um estranho gato do lado de fora da janela muito antes do fato ser suspeitado pelo leitor ou por algum dos personagens, é um golpe de gênio que Poe não conseguiria suplantar. Mais tarde, o estranho gato fica à espreita olhando fixamente pela mesma janela durante a noite e o dia seguinte — à espera de algo. Trata-se nitidamente do psicopompo do mito primitivo, inserido e adaptado com infinito primor ao ambiente de sua época.

Mas Hawthorne não deixou nenhum legado literário bem-definido para a posteridade. Seu espírito e sua atitude pertenciam à era que se encerrou com ele, e é o espírito de Poe — que compreendeu com tanta clareza e realismo o fundamento natural do apelo do horror e o mecanismo correto para a sua obtenção — que sobreviveu e floresceu. Entre os primeiros discípulos de Poe deve-se contar o jovem e brilhante irlandês Fitz-James O'Brien (1828-1862), que se naturalizou norte-americano e pereceu com honra na Guerra Civil. Foi ele quem nos deu *What was it?* (*O que era?*) o primeiro conto bem-estruturado de uma criatura tangível, mas invisível, e o protótipo de *Horla* de Maupassant; ele criou também o inimitável *Diamond lens* (*Lente de diamante*) em que um jovem microscopista se apaixona por uma dama de um mundo infinitesimal que descobriu numa gota d'água. A morte prematura de O'Brien com certeza nos privou de algumas histórias magistrais de estranheza e horror, embora seu gênio não fosse, propriamente falando, da mesma qualidade titânica que caracterizou Poe e Hawthorne.

Mais próximo de uma verdadeira grandeza foi o excêntrico e melancólico jornalista Ambrose Bierce, nascido em 1842, que também participou da Guerra Civil, mas sobreviveu para escrever algumas histórias imortais e desaparecer em 1913, envolto numa nuvem de mistério tão grande quanto qualquer uma das que evocou em suas fantasias de horror. Bierce era um satírico notório e panfletário, mas o forte de sua reputação criadora sobressai em seus contos sombrios e impetuosos; um grande número deles relacionados à Guerra Civil e constitui o tratamento mais vigoroso e realista que aquele conflito já recebeu em ficção. Virtualmente todas as histórias de Bierce são histórias de horror e enquanto muitas descrevem apenas os horrores físicos e psicológicos dentro da Natureza, uma parte substancial admite o sobrenatural maligno e constitui um elemento condutor do repositório de literatura sobrenatural nos Estados Unidos. Samuel Loveman, poeta e crítico vivo que conheceu Bierce em pessoa, resume o gênio do grande "criador de sombras" no prefácio a uma coletânea de suas cartas:

"Em Bierce, a evocação do horror torna-se, pela primeira vez, não tanto a prescrição ou perversão de Poe e Maupassant, mas uma atmosfera definida e excepcionalmente precisa. As palavras, tão simples que nos inclinariam a imputar-lhes as limitações de um escriba literário, assumem um horror profano, uma nova e insuspeita transformação. Em Poe, ela é um *tour de force*, em Maupassant, um convite nervoso ao clímax torturante. Para Bierce, pura e simplesmente, o satanismo conserva na morte atormentada um meio confiável e seguro para o fim. No entanto, uma conformidade tácita com a Natureza é reafirmada em todas as circunstâncias".

"Em *The death of Halpin Frayser* (*A morte de Halpin Frayser*), flores, florescimento e ramos e folhas de árvores são magnificamente colocados como um contraste à malignidade sobrenatural. Não é o familiar mundo dourado, o de Bierce, mas um mundo penetrado por melancólico mistério e obstinação palpitante de sonhos. No entanto, curiosamente, a desumanidade não está totalmente ausente."

A "desumanidade" mencionada por Loveman é vazada numa cepa rara de comédia sardônica e de humor negro, e numa espécie de prazer nas imagens de crueldade e desapontamento tantalizante. A primeira qualidade é bem ilustrada por alguns subtítulos nas narrativas mais sombrias, como "Nem sempre se come o que está na mesa", descrevendo um corpo estendido para o exame de um legista, e "Um homem, mesmo nu, pode estar em farrapos", referindo-se a um cadáver terrivelmente dilacerado.

Em geral, a obra de Bierce é um tanto irregular. Muitas de suas histórias são obviamente mecânicas e prejudicadas por um estilo pomposo e artificial oriundo de modelos jornalísticos, mas a malevolência soturna que se difunde por todos eles é inconfundível e vários se destacam como picos montanhosos na escrita sobrenatural norte-americana. *The death of Halpin Frayser*, considerada por Frederic Taber Cooper a história mais diabolicamente repulsiva do gênero na literatura anglo-saxônica, trata de um corpo sem alma se esgueirando à noite por um bosque sobrenatural e horrivelmente ensanguentado, e de um homem perseguido por memórias ancestrais que encontrara a morte nas garras daquela que fora sua mãe fervorosamente amada. *The damned thing* (*A coisa maldita*) reproduzido inúmeras vezes em antologias populares, registra as devastações malévolas de uma entidade invisível que se move oscilante e se espoja por montes e trigais de noite e de dia. *The suitable surroundings* (*O ambiente adequado*) evoca com singular sutileza, mas aparente simplicidade, o sentimento penetrante de terror que pode residir na palavra escrita. Na história, o autor de ficção sobrenatural Colston diz a seu amigo Marsh: "Você é corajoso o bastante para ler-me num bonde, mas — numa casa deserta — sozinho — na floresta — à noite! Bah! Tenho no bolso um manuscrito que o mataria!" Marsh lê o manuscrito no "ambiente adequado" — e ele o mata. *The middle toe of the right foot* (*O dedo médio do pé direito*) tem um desenvolvimento canhestro, mas o clímax é poderoso. Um homem chamado Manton matou de maneira horrível os dois filhos e a esposa, esta última não tendo o dedo médio do pé direito. Dez anos depois, ele volta muito diferente para a vizinhança, e, sendo secretamente reconhecido, é provocado para um duelo de punhais no escuro a se realizar na casa agora abandonada onde o crime foi perpetrado. Quando chega o momento do duelo, pregam-lhe uma peça e ele é deixado sem adversário, trancado na sala térrea totalmente às escuras do edifício com reputação de mal-assombrado, todo coberto pela poeira espessa de uma década. Nenhuma punhalada lhe é dirigida, já que a única intenção era assustá-lo, mas, no dia seguinte, acham-no acocorado num canto com o rosto crispado, morto de puro pavor por alguma coisa que vira. A única pista visível aos descobridores é uma de implicações terríveis: "Na espessa poeira dos anos depositada sobre o piso — levando da porta por onde eles haviam entrado, diretamente através do quarto até a um metro do cadáver acocorado de Manton — havia três filas paralelas de pegadas, impressões leves, mas definidas, de pés descalços, as externas de criancinhas, a interna de uma mulher. Do ponto onde terminavam, elas não retornavam; todas apontavam na mesma direção". E, claro, as pegadas de mulher revelavam a falta do dedo médio do pé direito. *The spook house* (*A casa assombrada*), narrada num tom cuidadosamente despretensioso de verossimilhança jornalística, transmite sugestões terríveis de um mistério chocante. Em 1858, uma família inteira de sete pessoas desaparece inesperadamente de uma casa de *plantation*[1] no leste do Kentucky, deixando todas suas propriedades intactas — móveis, roupas, alimentos, cavalos, gado e escravos. Cerca de um ano depois, dois homens de posição elevada são forçados a se abrigar de uma tempestade na moradia deserta e ali encontram um estranho quarto subterrâneo iluminado por uma inexplicável luz esverdeada e com uma porta de ferro que não pode ser aberta por dentro. Nesse quarto jazem os corpos putrefatos de toda a família desaparecida; e enquanto um dos descobridores se precipita para abraçar um corpo que parece reconhecer, o outro fica tão subjugado por um esquisito mau cheiro que tranca acidentalmente o companheiro na cripta e perde a consciência. Recuperando os sentidos seis semanas depois, o sobrevivente é incapaz de descobrir o quarto oculto; e a casa é queimada durante a Guerra Civil. Nunca mais se ouve falar ou se vê o descobridor aprisionado.

Bierce raramente realiza as possibilidades atmosféricas de seus temas com a mesma intensidade que Poe, e muito de sua

[1] Grande fazenda de plantação na época do regime escravista no Sul dos EUA (N.T.).

obra contém um certo traço de ingenuidade, rispidez prosaica ou provincianismo primitivo norte-americano que contrasta um pouco com os esforços de mestres do horror posteriores. No entanto, o talento artístico e a autenticidade de suas sugestões macabras são sempre inconfundíveis, razão porque sua grandeza não corre o perigo de se eclipsar. Organizados em suas obras completas definitivas [12 volumes], os contos fantásticos de Bierce estão contidos sobretudo em dois volumes, *Can such things be?* (*Coisas assim podem existir?*) e *In the midst of life* (*No meio da vida*). O primeiro, aliás, é quase todo dedicado ao sobrenatural.

Boa parte da melhor literatura de horror norte-americana saiu de penas não dedicadas com prioridade a este meio. A novela histórica *Elsie Venner* de Oliver Wendell Holmes sugere, com admirável contenção, um elemento ofídico sobrenatural numa jovem mulher influenciada antes de nascer e sustenta a atmosfera com detalhes de paisagem cuidadosamente escolhidos. Em *The turn of the screw* (*A volta do parafuso*), Henry James triunfa o suficiente sobre sua inevitável ostentação e prolixidade para criar uma atmosfera de fato poderosa de ameaça sinistra, descrevendo a influência terrível de dois criados mortos e malignos, Peter Quint e a governanta, Srta. Jessel, sobre um menino e uma menina que estiveram aos seus cuidados. James é muito confuso, talvez, muito untuosamente urbano e muito viciado em sutilezas discursivas para perceber todo o horror selvagem e devastador das situações que cria, mas apesar disso há uma maré rara e crescente de pavor culminando com a morte do menino, o que dá a noveleta um papel permanente em sua classe especial.

F. Marion Crawford produziu muitas histórias sobrenaturais de qualidade variada ora coligidas num volume intitulado *Wandering ghosts* (*Fantasmas errantes*). *For the blood is the life* (*Pois o sangue é a vida*) aborda com intensidade um caso de vampirismo instigado pelo luar perto de uma antiga torre sobre os rochedos de uma costa solitária no sul da Itália. *The dead smile* (*O sorriso do morto*) trata de horrores familiares numa velha casa e numa cripta ancestral na Irlanda, e introduz o *banshee*[2] com força considerável. *The upper berth* (*O leito superior*), porém, é a obra-prima de horror de Crawford, e uma das mais fabulosas histórias de horror de toda a literatura. Nessa história de um camarote de navio assombrado por um suicida, coisas como a umidade espectral de água salgada, a vigia misteriosamente aberta e a luta pavorosa com a coisa inominável são manejadas com incomparável habilidade.

Muito genuína, embora não sem a típica afetação extravagante da última década do século XVIII, é a tensão de horror nos trabalhos iniciais de Robert W. Chambers, desde então famoso por produtos de uma qualidade muito diferente. *The king in yellow* (*O rei de amarelo*), uma coletânea de contos levemente relacionados tendo como pano de fundo um livro monstruoso e oculto cujo manuseio traz pavor, loucura e tragédia espectral, alcança de fato níveis fabulosos de medo cósmico apesar do interesse desigual e de cultivar, com certa trivialidade e afetação, a atmosfera francesa de estúdio popularizada por *Trilby* de Du Maurier. A mais poderosa de suas histórias é, talvez, *The yellow sign* (*O sinal amarelo*) que apresenta um vigia de cemitério silencioso e terrível com um rosto de verme inchado. Um menino, ao descrever uma luta que travou com essa criatura, tem calafrios e adoece enquanto relata determinado detalhe: "Bem, senhor, juro por Deus que quando acertei eli, eli agarrô meus pulso, senhor, e quando torci o seu punho mole e polpudo, um de seus dedo saiu na minha mão". Um artista, que depois de vê-lo partilhou com outro um sonho estranho com um carro fúnebre noturno, fica chocado com a voz com que o vigia o aborda. O sujeito emite um som sussurrado que enche a cabeça "como a grossa fumaça oleosa de um tonel de fazer banha ou um odor de putrefação repulsivo". O que ele sussurra é simplesmente isto: "Encontrou o Sinal Amarelo?"

[2] *Banshee*. Espírito feminino do folclore gaélico que com seus lamentos anuncia uma morte iminente na família (N.T.).

Um talismã de ônix contendo hieróglifos fantásticos, recolhido na rua pelo que compartilhou o seu sonho, é logo entregue ao artista; e depois de topar de maneira singular com o infernal e proibido livro de horrores, os dois aprendem entre outras coisas abjetas que nenhum mortal são deveria saber, que aquele talismã era, na verdade, o obscuro Sinal Amarelo legado pelo culto maldito de Hastur — da primordial Carcosa de que trata o volume, e da qual algumas lembranças tétricas tentam emergir ameaçadoras e funestas nas mentes dos homens. Eles escutam logo depois o estrépito do carro fúnebre enfeitado com plumas negras guiado pelo vigia inchado e com rosto de cadáver. Ele entra na casa amortalhada pela noite atrás do Sinal Amarelo, onde todos ferrolhos e trancas apodrecem ao seu toque. E quando as pessoas se precipitam para dentro, atraídas por um grito que nenhuma garganta humana poderia emitir, elas encontram três formas no piso — duas mortas e uma moribunda. Uma das formas mortas está em estado avançado de putrefação. É o vigia do cemitério, e o doutor exclama: "Esse homem deve estar morto há meses". Vale a pena observar que o autor deriva a maioria dos nomes e alusões relacionadas com sua terra pavorosa de memória primordial das histórias de Ambrose Bierce. Outros trabalhos iniciais de Chambers contendo o elemento excêntrico e macabro são *The Maker of Moons* (*O fazedor de luas*) e *In Search of the Unknown* (*Em busca do desconhecido*). Só podemos lamentar que ele não tenha desenvolvido melhor um veio em que poderia facilmente ter-se tornado um mestre reconhecido.

Material de horror de uma força autêntica pode ser encontrado na obra da escritora realista da Nova Inglaterra, Mary E. Wilkins, cujo volume de contos *The Wind in the Rosebush* (*O vento na roseira*) encerra algumas realizações dignas de nota. Em *The Shadows on the Wall* (*As sombras na parede*) nos é mostrado com consumada habilidade a reação de uma serena dona-de-casa da Nova Inglaterra à tragédia sobrenatural; e a sombra inexplicável do irmão envenenado claramente nos prepara para o momento culminante em que a sombra do assassino secreto, que se matou numa cidade vizinha, apareça repentinamente ao seu lado. Charlotte Perkins Gilman, em *The Yellow Wall Paper* (*O papel de parede amarelo*) se eleva a um nível clássico ao esboçar com sutileza a loucura que se apossa de uma mulher que vive no quarto horrorosamente empapelado onde uma louca esteve confinada.

Em *The Dead Valley* (*O vale morto*), o eminente arquiteto e medievalista Ralph Adams Cram consegue um grau memoravelmente poderoso de vago horror regional com sutilezas de atmosfera e de descrição.

Levando ainda mais longe nossa tradição espectral está o talentoso e versátil humorista Irvin S. Cobb, cuja obra, tanto a antiga como a recente, contém alguns exemplares fantásticos primorosos. *Fishhead* (*Cabeça de peixe*), uma das primeiras realizações, é sinistramente efetivo ao retratar laços de parentesco sobrenaturais entre um idiota híbrido e o estranho peixe de um lago remoto que, por fim, vinga o assassinato desse seu parente bípede. Trabalhos posteriores de Cobb introduzem um elemento de pseudociência, como no caso de memória hereditária em que um homem moderno com traços negroides pronuncia palavras numa língua da selva africana quando é atropelado por um trem em circunstâncias visuais e auditivas que lembram a mutilação que sofreu seu ancestral negro por um rinoceronte um século antes.

De uma estatura artística sumamente elevada é a novela *The Dark Chamber* (*A câmara escura*), 1927, do falecido Leonard Cline. Ela aborda a história de um homem que — com a ambição característica do herói-vilão gótico ou byroniano — tenta desafiar a Natureza e recuperar cada momento de sua vida pregressa com o estímulo anormal da memória. Para isso, ele usa intermináveis anotações, registros, objetos mnemônicos e imagens — e, finalmente, odores, músicas e drogas exóticas. Por fim, sua ambição faz a memória ultrapassar sua vida pessoal e avançar para os abismos escuros da memória *hereditária* — remontando até aos tempos pré-humanos em meio aos pântanos fumegantes da era carbonífera, e às profundezas ainda mais inimagináveis de tempo e entidade primordiais. Ele apela para músicas desvairadas, toma drogas exóticas e, por fim, seu grande cão demonstra um medo crescente dele. Um fedor animal repulsivo o rodeia e ele vai adquirindo feições ausentes e sub-humanas. Por último, ele parte para as matas, uivando à noite embaixo de janelas. Ele é finalmente encontrado num bosque, retalhado até a morte. Ao seu lado está o cadáver dilacerado do cão. Eles se mataram mutuamente. A atmosfera dessa novela é de intensa malevolência, e grande atenção é dada à casa sinistra e à família da personagem central.

Uma criação menos sutil e bem equilibrada, mas ainda assim muito eficiente é a novela *The place called Dagon* (*O lugar chamado Dagon*), de Herbert S. Gorman, que narra a história misteriosa de um remanso no oeste de Massachusetts onde os descendentes de refugiados da bruxaria de Salém ainda mantêm vivos os horrores mórbidos e degenerados do Sabá Negro.

Sinister house (Casa sinistra), de Leland Hall, possui toques de atmosfera suntuosos, mas é prejudicada pelo romantismo um tanto medíocre.

Muito notáveis, à sua maneira, são algumas concepções fantásticas do novelista e contista Edward Lucas White, a maioria delas com temas inspirados em sonhos reais. *The song of the siren* (*O canto da sereia*) possui uma estranheza muito persuasiva, enquanto peças como *Lukundoo* e *The snout* (*O focinho*) despertam apreensões mais soturnas. White confere uma qualidade muito peculiar a suas histórias — uma espécie enviesada de encanto que tem seu próprio tipo diferenciado de persuasão.

Dos norte-americanos mais jovens, nenhum tange a nota de horror cósmico tão bem quanto o poeta, artista e ficcionista californiano Clark Ashton Smith, cujos textos, pinturas e narrações bizarros são o deleite de uns poucos. Smith tem por cenário um universo de remoto e paralisante horror — selvas de flores venenosas e iridescentes nas luas de Saturno, templos malignos e grotescos na Atlântida, Lemuria e em mundos esquecidos mais antigos, e pântanos úmidos salpicados de fungos mortais em regiões espectrais além das fronteiras da Terra. Seu poema mais longo e mais ambicioso, *The hashish-eater* (*O comedor de haxixe*) é em versos pentâmetros brancos e descortina visões caóticas e incríveis de um pesadelo caleidoscópico nos espaços interestelares. Em pura estranheza demoníaca e fertilidade de concepção, Smith não é superado, talvez, por nenhum outro escritor morto ou vivo. Quem mais teve visões distorcidas tão magníficas, suntuosas e febris de esperas infinitas e dimensões múltiplas, e viveu para narrá-las? Seus contos tratam poderosamente de outras galáxias, mundos e dimensões, bem como de regiões exóticas e eras ancestrais sobre a Terra. Ele fala da Hiperbórea primitiva e seu negro deus amorfo Tsathoggua; do continente perdido de Zothique, e da fabulosa terra assolada por vampiros de Averoigne na França medieval. Alguns dos melhores trabalhos de Smith podem ser encontrados na brochura intitulada *The double shadow and other fantasies* (*A sombra dupla e outras fantasias*), 1933.

# A tradição fantástica nas ilhas britânicas

A literatura britânica recente, além de incluir os três ou quatro maiores ficcionistas da atualidade, tem apresentado uma fertilidade gratificante no elemento sobrenatural. Rudyard Kipling muitas vezes se aproximou dele e, apesar de seus onipresentes maneirismos, manejou-o com maestria em histórias como *The Phantom Rickshaw*, (*O jinriquixá fantasma*), *The Finest Story in the World* (*A melhor história do mundo*), *The Recrudescence of Imray*, (*O retorno de Imray*), e *The Mark of the Beast* (*A marca da fera*). Este último é de uma contundência toda particular; as pinturas do padre leproso nu que gemia como uma lontra, as manchas que apareciam no peito do homem que o padre amaldiçoara, o crescente canibalismo da vítima e o medo que os cavalos começavam a demonstrar na presença dele, e a transformação final meio completada daquela vítima num leopardo são coisas que provavelmente nenhum leitor jamais esquecerá. A derrota final do feiticeiro maligno não diminui a força da história ou a validade de seu mistério.

Lafcadio Hearn, estranho, errante e exótico, se afasta ainda mais do mundo real; e com o talento artístico supremo de um poeta sensível, ele tece fantasias impossíveis para um autor de sólido tipo inglês. Sua *Fantastics* (*Fantásticas*), escrita nos Estados Unidos, contém algumas das fantasmagorias mais impressionantes de toda literatura, enquanto sua *Kwaidan*, escrita no Japão, cristaliza com habilidade e delicadeza inigualáveis o misterioso conhecimento ancestral e as ricamente matizadas lendas murmuradas daquela nação. Outras feitiçarias de linguagem de Hearn são exibidas em algumas de suas traduções do francês, especialmente de Gautier e Flaubert. Sua versão da *Temptation of St. Anthony* (*La Tentation de Saint Antoine — As tentações de Santo Antão*) do último é um clássico de imaginação febril e tumultuada, vestido com a magia de palavras melodiosas.

Oscar Wilde também merece um lugar entre os escritores fantásticos, tanto por seus requintados contos de fadas como por seu vigoroso *Picture of Dorian Gray* (*O retrato de Dorian Gray*), em que um retrato maravilhoso assume, durante anos, a peculiaridade de envelhecer e embrutecer no lugar do seu original que, enquanto isso, afunda em todos os excessos do vício e do crime sem aparentemente perder a juventude, a beleza e o frescor. Há um clímax repentino e poderoso quando Dorian Gray, que se tornara por fim um assassino, tenta destruir a pintura cujas alterações denunciam sua degradação moral. Ele a fere com uma faca e ouvem-se um grito hediondo e um baque, mas quando os criados entram, eles encontram a pintura em todo seu prístino encanto. "Jazendo no chão estava um morto em traje a rigor, com uma faca no coração. Ele tinha o rosto ressecado, rugoso, e repulsivo. Foi só depois de examinarem os anéis que eles reconheceram quem era."

Matthew Phipps Shiel, autor de muitas novelas e contos fantásticos, grotescos e aventurosos atinge, em alguns casos, um alto nível da magia de horror. *Xelucha* é um fragmento terrivelmente repulsivo, mas é superado pela inegável obra-prima de Shiel, *The House of Sounds* (*A casa dos sons*), escrita de maneira rebuscada na "década amarela dos noventa" e relançada, com maior apuro artístico, no início do século XX. Essa história, em sua forma definitiva, faz jus a um lugar entre as concepções mais destacadas de seu gênero. Ela conta sobre uma ameaça e um horror apavorante atravessando os séculos numa ilha subártica ao largo da costa da Noruega, onde, em meio ao furor de ventos demoníacos e o ruído ensurdecedor de ondas e cataratas infernais, um morto vingativo construiu em bronze uma torre de horror. Ela lembra vagamente, mas difere em muito de *The Fall of the House of Usher* (*A queda da casa de Usher*), de Poe. Na novela *The Purple Cloud* (*A nuvem púrpura*), Shiel descreve com imenso vigor uma maldição que veio do Ártico para destruir a humanidade e que, por um tempo limitado, parece ter deixado apenas um único habitante em nosso planeta. As sensações desse sobrevivente solitário ao se inteirar de sua condição e errar como senhor absoluto pelas cidades forradas de cadáveres e tesouros do mundo são apresentadas com uma habilidade e talento próximo do magistral. Infelizmente, a segunda metade do livro, com seus elementos românticos convencionais, sofre um claro "afrouxamento".

Mais conhecido do que Shiel é o engenhoso Bram Stoker, que criou muitas concepções de absoluto horror numa série de novelas cuja pobreza técnica infelizmente prejudica o efeito geral. Em *The Lair of the White Worm* (*A toca do verme branco*), sobre uma entidade primitiva gigantesca que emerge de uma cripta embaixo de um velho castelo, uma ideia magnífica é arruinada por completo pelo desenvolvimento quase pueril. *The Jewel of Seven Stars* (*A joia das sete estrelas*) sobre uma estranha ressurreição egípcia, é menos tosca. Mas a melhor de todas é a famosa *Drácula*, que se transformou na virtual exploração moderna padrão do pavoroso mito do vampiro. O conde Drácula, um vampiro, mora num horrível castelo nos Cárpatos, mas emigra para a Inglaterra com a intenção de povoar o país de vampiros. As peripécias de um inglês dentro da cidadela de horrores de Drácula e a trama de dominação do demônio morto que é, no final, derrotado, são elementos que se somam numa história que hoje faz jus a um lugar permanente nas letras inglesas. *Drácula* estimulou o surgimento de muitas novelas parecidas de horror sobrenatural, as melhores dentre elas sendo, talvez, *The beetle* (*O besouro*) de Richard Marsh, *Brood of the Witch-Queen* (*A prole da rainha feiticeira*) de "Sax Rohmer" (Arthur Sarsfield Ward) e *The Door of the Unreal*

(*A porta do sobrenatural*) de Gerald Bliss. A última trabalha, com grande habilidade, com a superstição do lobisomem convencional. Muito mais sutil e artística, e contada com singular habilidade nas narrativas justapostas de vários personagens, é a novela *Cold Harbour* (*Porto frio*) de Francis Brett Young, na qual se descreve com intenso vigor uma casa antiga de estranha malignidade. O diabólico cínico e quase todo-poderoso Humphrey Furnival guarda ecos do tipo Manfred-Montoni do "vilão" gótico primitivo, mas é redimido da vulgaridade por muitos detalhes inteligentes. Somente a ligeira diluição no final e o uso um pouco abusivo da adivinhação como fator dramático impedem essa história de se aproximar da perfeição absoluta.

Na novela *Witch Wood* (*Bosque da bruxa*), John Buchan descreve com tremendo vigor uma sobrevivência do Sabá maligno num distrito remoto da Escócia. A descrição da floresta negra com a pedra funesta, e dos terríveis presságios cósmicos quando o horror é finalmente extirpado, compensa o cansativo percurso da ação muito gradual e a profusão de dialeto escocês. Alguns contos de Buchan são também extremamente vigorosos em suas invocações espectrais, notabilizando-se em especial *The Green Wildebeest* (*A fera verde*), um conto de bruxaria africana, *The Wind in the Portico* (*O vento no pórtico*), com seu pavoroso despertar de mortos romano-bretões, e *Skule Skerry*, com seus toques de pavor ártico.

Clemence Housman, na noveleta *The Werewolf* (*O lobisomem*), atinge um alto grau de tensão repulsiva e consegue, até certo ponto, uma atmosfera de autêntico folclore. Em *The Elixir of Life* (*O elixir da vida*), Arthur Ransome alcança alguns efeitos tenebrosos excelentes a despeito da ingenuidade geral da trama, enquanto *The Shadowy Thing* (*A coisa soturna*), de H. B. Drake convoca visões estranhas e terríveis. *Lilith* de George Macdonald tem uma bizarrice envolvente muito particular; a primeira versão, e também a mais simples das duas, é a mais efetiva talvez.

Merece especial atenção como artesão vigoroso para quem um mundo místico invisível é sempre uma realidade próxima e vital o poeta Walter de la Mare, cujos versos assombrosos e prosa refinada guardam traços consistentes de uma estranha visão que penetra no âmago das esferas veladas da beleza e do terrível, e nas dimensões interditas do ser. Na novela *The Return* (*O retorno*) vemos a alma de um morto sair de seu túmulo de dois séculos e se unir à carne do ser vivo de tal forma que até mesmo o rosto da vítima se transforma naquele que há muito retornou ao pó. Das histórias mais curtas que integram diversos volumes, muitas são inesquecíveis por sua invocação das mais sombrias ramificações de medo e feitiçaria; em especial *Seaton's Aunt* (*A tia de Seaton*) em que se instaura uma experiência abjeta de vampirismo maligno; *The Tree* (*A árvore*) que fala de uma assustadora proliferação de plantas no pátio de um artista faminto; *Out of the Deep* (*Saído das profundezas*) em que nos faz imaginar o que teria respondido ao chamado de uma criança moribunda, abandonada numa soturna casa solitária, quando esta puxou um muito temido cordão de campainha, no sótão, em sua meninice apavorada; *A Recluse* (*Um recluso*) que sugere o que fez um hóspede circunstancial sair fugindo de uma casa durante a noite; *Mr. Kempe*, que mostra um clérigo eremita louco em busca da alma humana, morando numa pavorosa região de falésias ao lado de uma antiga capela abandonada; e *All-Hallows* (*Todos os santos*) um vislumbre de forças demoníacas sitiando uma solitária igreja medieval e restaurando milagrosamente a alvenaria apodrecida. De la Mare não faz do medo o elemento único ou mesmo dominante da maioria de suas histórias, interessando-se mais, ao que parece, pelas sutilezas das personagens envolvidas. Ocasionalmente, cede à pura fantasia extravagante gênero Barrie. Ainda assim está entre os poucos para quem o irreal é uma presença vívida, poderosa; e com isso, ele é capaz de colocar em seus estudos ocasionais sobre o medo um intenso vigor como só um mestre raro conseguiria. Seu poema *The Listeners* (*Os ouvintes*) retoma o pavor gótico em versos modernos.

O conto fantástico tem se saído bem ultimamente, tendo como contribuinte de peso o versátil E. F. Benson cujo *The Man Who Went too Far* (*O homem que foi longe demais*) fala aos sussurros de uma casa à beira de uma floresta escura e da marca do casco de Pan no peito de um morto. O volume *Visible and Invisible* (*Visível e invisível*) de Benson contém várias histórias de um poder singular, notadamente *Negotiam Perambulans* ("Nem peste perambulando na escuridão") cujo desenrolar revela um monstro anormal saído de um antigo painel eclesiástico que executa um ato de vingança milagrosa numa aldeia remota na costa da Cornualha, e *The Horror-Horn* (*A corneta do horror*) percorrido por um medonho sobrevivente semi-humano que vive em cumes pouco visitados dos Alpes. *The Face* (*A face*), em outra coletânea, tem um poder letal com sua incansável aura fatídica. H. R. Wakefield, em suas coletâneas, *They Return at Evening* (*Eles retornam ao anoitecer*) e *Others Who Return* (*Outros que retornam*) consegue atingir altos níveis de horror ocasionais, apesar do ar viciado de sofisticação. Os contos mais notáveis são *The Red Lodge* (*A hospedaria vermelha*) com seu pegajoso mal aquático, *He Cometh and He Passeth by* (*Ele vem e ele passa*), *And He Shall Sing* (*E ele cantará*), *The Cairn* (*O marco*), *Look up There* (*Olhe para cima*), *Blind Man's Buff* (*O jogo de cabra-cega*) e aquela peça de horror milenar à espreita, *The Seventeenth Hole at Duncaster* (*O 17º buraco em Duncaster*). É justo que se mencione a obra fantástica de H. G. Wells e A. Conan Doyle. O primeiro, em *The Ghost of Fear* (*O fantasma do medo*) atinge um nível muito alto enquanto todos os componentes de *Thirty Strange Stories* (*Trinta histórias estranhas*) têm fortes implicações fantásticas. Doyle tange de vez em quando uma poderosa nota espectral, como em *The Captain of the Pole-Star* (*O capitão do Pole-Star*) uma história de fantasmagoria ártica, e *Lot nº 249* (*Lote nº 249*) em que o tema da múmia reanimada é usado com uma habilidade acima da comum. Hugh Walpole, da mesma família que o fundador da ficção gótica, se aproximou algumas vezes do bizarro com muito sucesso, e seu conto *Mrs. Lunt* (*A Sra. Lunt*) é muito assustador. John Metcalfe, na coletânea publicada como *The Smoking Leg* (*A perna fumegante*) atinge, em alguns momentos, uma rara intensidade de força, e seu conto *The Bad Lands* (*As terras más*) contém gradações de horror que beiram à genialidade. Mais extravagantes e inclinados à fantasia amena e inócua de Sir J. M. Barrie são os contos de E. M. Forster, agrupados sob o título *The Celestial Omnibus* (*O ônibus celeste*). De apenas um desses, tratando de uma visão de Pan e de sua aura de pavor, pode-se dizer que contenha o verdadeiro elemento de horror cósmico. A Sra. H. D. Everett, conquanto adepta de modelos muito antigos e convencionais, atinge alturas singulares de terror espiritual em sua coletânea de contos *The Death Mask* (*A máscara da morte*). L. P. Hartley é notável por seu conto incisivo e horrivelmente espectral, *A Visitor from Down Under* (*Um visitante das profundezas*). *Uncanny Stories* (*Histórias sinistras*) de May Sinclair contém mais "ocultismo" tradicional do que o tratamento criativo do medo que marca a maestria nesse campo, e inclina-se a dar mais ênfase às emoções humanas e pesquisas psicológicas que aos fenômenos puros e simples de um cosmo absolutamente irreal. Convém observar aqui que aqueles que acreditam no oculto provavelmente são menos eficazes do que os materialistas na retratação do espectral e do fantástico, pois o mundo fantasmal é para eles uma realidade tão banal que tendem a se referir a ele com menos espanto, distanciamento e comoção do que os que nele veem uma violação absoluta e formidável da ordem natural.

De qualidade estilística muito irregular, mas com enorme força ocasional na sugestão de mundos e seres à espreita por trás da superfície vulgar da existência é a obra de William Hope Hodgson, hoje muito menos conhecida do que mereceria. Apesar da tendência a concepções convencionalmente sentimentais do universo e da relação do homem com o mesmo e com seus semelhantes, Hodgson só fica atrás de Algernon Blackwood na seriedade com que trata a irrealidade. Poucos se igualam a ele no esboço da proximidade de forças inomináveis e entidades monstruosas ameaçadoras por sugestões casuais e detalhes insignificantes, ou na transmissão de sensações do espectral e do anormal associadas a regiões ou edifícios.

Em *The Boats of the "Glen Carrig"* (*Os barcos do "Glen Carrig"*), 1907, nos é mostrada uma diversidade de prodígios malignos e terras desconhecidas malditas encontrados pelos sobreviventes de um naufrágio. A ameaça latente nas partes iniciais do livro é insuperável, não obstante ocorra um relaxamento no rumo do romance e da aventura mais para o fim. Uma tentativa inexata e pseudorromântica de reproduzir a prosa do século XVIII desvirtua o efeito geral, mas a erudição náutica realmente profunda exibida em toda a obra, compensa.

*The House on the Borderland* (*A casa na fronteira*), 1908 — talvez a maior de todas as obras de Hodgson — fala de uma casa solitária e mal-afamada na Irlanda que constitui o alvo de forças repulsivas do outro mundo e suporta um cerco de anomalias híbridas blasfemas vindas de um abismo oculto inferior. As perambulações do espírito do Narrador por infinitos anos-luz de espaço cósmico e kalpas[1] de eternidade, e seu testemunho da destruição final do sistema solar, constituem algo quase único na literatura em geral. E por toda parte está manifesto o poder do autor de sugerir horrores vagos, emboscados, num cenário natural. Não fossem uns toques de sentimentalismo vulgar, esse livro seria uma joia de primeira água.

*The Ghost Pirates* (*Os piratas fantasmas*), 1909, que para Hodgson formava uma trilogia com os dois trabalhos previamente mencionados, é um relato poderoso da última viagem de um navio assombrado e condenado e dos terríveis diabos marinhos (de aspecto quase humano, e talvez, os espíritos de passados bucaneiros) que o atacam e por fim o arrastam para um destino

1 Kalpa: uma das eras do mundo na concepção do hinduísmo indiano (N.T.).

desconhecido. Com seu domínio do conhecimento marítimo e a sábia seleção de insinuações e incidentes sugestivos de horrores latentes na Natureza, esse livro alcança picos ocasionais invejáveis de força.

*The Night Land* (*A terra noturna*), 1912, é uma história muito extensa (538 páginas) sobre o futuro infinitamente remoto da Terra — bilhões de bilhões de anos à frente, depois da morte do Sol. Ela é contada de maneira muito canhestra, como os sonhos de um homem no século XVII cuja mente se funde com sua própria encarnação futura, e é seriamente arruinada por penosa verbosidade, repetitividade, sentimentalismo artificial, enjoativo e pegajosamente romântico, e uma experimentação com linguagem arcaica ainda mais grotesca e absurda que a de Glen Carrig.

Abstraindo todos os seus defeitos, ainda é uma das peças mais vigorosas jamais escritas da imaginação macabra. A descrição de um planeta morto, em completa escuridão, com os remanescentes da raça humana concentrados numa pirâmide de metal de imensa extensão e sitiada por forças das trevas monstruosas, híbridas e totalmente desconhecidas, é algo que leitor algum jamais conseguirá esquecer: formas e entidades de uma espécie absolutamente não-humana e inconcebível — os predadores do mundo escuro, inexplorado e interdito, fora da pirâmide, ao homem — são sugeridas e descritas em parte com inefável vigor, enquanto a paisagem escura com seus abismos, declives e vulcões moribundos, adquire um terror quase senciente nas pinceladas do autor.

Perto da metade do livro, a figura central se aventura para fora da pirâmide em busca dos reinos assolados pela morte, não palmilhados pelo homem por milhões de anos — e em seu progresso lento, minuciosamente descrito, dia após dia, por léguas impensáveis de imemorial escuridão há uma sensação de alienação cósmica, mistério eletrizante e expectativa terrível sem rival em todo tipo de literatura. O último quarto do livro se arrasta de maneira penosa, mas não consegue estragar o vigor tremendo do todo. A última obra de Hodgson, *Carnacki, the Ghost-Finder* (*Carnacki, o caça-fantasma*) consiste de vários contos longos publicados muitos anos antes em revistas. Em qualidade, ele fica abaixo do nível dos outros livros. Encontramos aqui uma figura característica, mais ou menos convencional, do tipo "detetive infalível" — da estirpe de M. Dupin e Sherlock Holmes, e parente próximo do John Silence de Algernon Blackwood — transitando por cenários e acontecimentos lamentavelmente prejudicados por uma atmosfera de "ocultismo" profissional. Alguns episódios, porém, são de um vigor inegável e permitem vislumbres da característica do gênio peculiar do autor.

Naturalmente, é impossível registrar num breve sumário todos os usos clássicos modernos do elemento terror. O ingrediente deve necessariamente estar presente em toda obra, seja em prosa ou em verso, que trate da vida de maneira ampla; e não nos surpreende, portanto, encontrar um pouco dele em escritores como o poeta Browning, cujo *Childe Roland to the dark tower came* (*Childe Roland à torre negra chegou*) é instinto com ameaça odiosa, ou o romancista Joseph Conrad, que com frequência escreveu sobre segredos ocultos dentro do mar e a força motriz demoníaca do Destino influenciando as vidas de homens solitários e obcecados. Sua trilha tem infinitas ramificações, mas precisamos nos restringir ao seu aparecimento num estado relativamente puro, onde ele determina e domina a obra de arte que o contém.

Um tanto separada da vertente britânica principal está aquela corrente de horror na literatura irlandesa que ganhou destaque na Renascença Celta do final do século XIX e início do XX. O saber sobre fantasmas e fadas sempre teve grande proeminência na Irlanda e por mais de cem anos vem sendo registrado por uma série de transcritores e tradutores fieis como William Carleton, T. Crofton Croker, Lady Wilde — mãe de Oscar Wilde — Douglas Hyde e W.B. Yeats. Posto em evidência pelo movimento moderno, esse *corpus* de mito tem sido cuidadosamente reunido e estudado, e suas características salientes reproduzidas na obra de figuras posteriores como Yeats, J.M. Synge, "A.E.", Lady Gregory, Padraic Colum, James Stephens e seus colegas.

Apesar de conter, no geral, uma fantasia mais extravagante do que terrível, este folclore, e seus equivalentes deliberadamente artísticos, contém muita coisa que entra, de fato, no domínio do horror cósmico. Histórias de sepultamentos em igrejas submersas em lagos mal-assombrados, relatos de "banshees" anunciadores da morte e "changelings" sinistros, baladas de espectros e "as criaturas ímpias das Raths" — todas provocam seus arrepios contundentes e definidos, e representam um elemento forte e distintivo na literatura fantástica. Apesar do grotesco vulgar e da ingenuidade absoluta, há pesadelos genuínos na classe de narrativa representada no relato de Teig O'Kane (*Teig O'Kane and the corpse — Teig O'Kane e o cadáver*) que, em castigo por sua vida desregrada, era possuído todas as noites por um cadáver pavoroso que exigia ser enterrado e o levava de cemitério em cemitério onde os mortos repulsivos se erguiam e se recusavam a acomodar o recém-chegado. Yeats, sem dúvida a maior figura do renascimento irlandês, se não o maior de todos os poetas vivos, conseguiu feitos notáveis tanto em sua obra original como na codificação de lendas antigas.

# os mestres modernos

As melhores histórias de horror de hoje, valendo-se da longa evolução do gênero, revelam uma naturalidade, um poder de convencimento, uma fluência artística e uma habilidosa intensidade de apelo que não têm comparação com nada do que fora feito há um século ou mais na obra gótica. Técnica, perícia narrativa, experiência e conhecimento psicológico avançaram fabulosamente com o passar dos anos, fazendo boa parte dos trabalhos mais antigos parecer ingênua e artificial: resgatados, quando regatados, somente por algum gênio capaz de superar duras limitações. O tom de romance enfatuado e vistoso cheio de motivações enganosas e investindo todo acontecimento imaginável de falso significado e glamour descuidadamente inclusivo, confina-se agora a períodos mais leves e caprichados na escrita sobrenatural. Histórias fantásticas sérias, ou têm o seu realismo intensificado pela estrita consistência e perfeita fidelidade à Natureza exceto na única direção sobrenatural que o autor se permite, ou são lançadas no reino da fantasia, em uma atmosfera adaptada com inteligência à visualização de um mundo irreal delicadamente exótico além de espaço e tempo, onde quase tudo pode acontecer desde que aconteça em real conformidade com particulares tipos de imaginação e ilusão normais ao cérebro humano sensível. Esta é, pelo menos, a tendência dominante, embora, é verdade, muitos grandes escritores contemporâneos descambem ocasionalmente para algumas atitudes vulgares de romantismo imaturo ou para um jargão também vazio e absurdo de "ocultismo" pseudocientífico, agora em uma de suas marés altas periódicas.

Dos criadores vivos do medo cósmico elevado a sua culminância artística, poucos, se algum, podem se igualar ao versátil Arthur Machen, autor de dezenas de histórias longas e curtas em que os elementos de horror oculto e pavor latente atingem consistência e agudeza realista quase incomparáveis. Machen, homem de letras em geral e dono de uma prosa refinadamente lírica e expressiva, talvez tenha se esforçado com mais empenho em sua picaresca *Chronicles of Clemendy* (*Crônicas de Clemendy*), seus ensaios refrescantes, seus volumes autobiográficos brilhantes, suas traduções frescas e espirituosas, e, sobretudo, seu memorável épico do pensamento estético sensível, *The hill of dreams* (*A colina dos sonhos*) em que o jovem herói responde à magia daquele meio galês ancestral que é o mesmo do autor, e tem uma vida onírica na cidade romana de Isca Silurum, agora reduzida ao vilarejo abundante em relíquias arcaicas de Caerleon-on-Usk. Mas permanece o fato de que seu poderoso material de horror da última década do século XIX e começo do século XX é único em sua classe, e marca uma época distinta na história dessa forma literária.

Machen, dono de uma impressionante herança celta ligada a memórias vívidas de juventude dos morros selvagens, florestas antigas e ruínas romanas misteriosas da região de Gwent, desenvolveu uma vida imaginária de rara beleza, intensidade e fundo histórico. Ele absorveu o mistério medieval de bosques escuros e costumes ancestrais, e é um defensor de tudo que diz respeito à Idade Média — inclusive da fé católica. Ele se rendeu, também, ao encanto da vida romano-bretã que prosperou em certa altura em sua região natal, e encontra uma estranha magia nos acampamentos fortificados, pisos de mosaico, fragmentos de estátuas e coisas afins que falam dos tempos em que o classicismo imperava e o latim era a língua da região. Um jovem poeta norte-americano, Frank Belknap Long, resumiu bem os ricos dotes e a sabedoria expressiva desse sonhador no soneto *On reading Arthur Machen*:

> Existe uma glória no bosque outonal,
> As antigas sendas da Inglaterra serpeiam e sobem
> Por entre mágicos carvalhos e tojos e entrançado tomilho
> Para onde uma fortificação de poderoso império se erguia:
> Há um encanto no céu outonal;
> As nuvens avermelhadas se contorcem no clarão
> De alguma grande fogueira, e há cintilações abaixo
> Castanho-amareladas onde as cinzas se extinguem.
> Eu espero, até que ele queira me mostrar, claras e frias,
> Elevadas em esplendor, nítidas contra o Norte,
> As águias romanas, e por entre névoas douradas
> As legiões em marcha que avançam:
> Eu espero, pois de novo partilharia com ele
> A antiga sabedoria, e a antiga dor.[1]

Das histórias de horror de Machen, a mais famosa talvez seja *The great god Pan* (*O grande deus Pã*), 1894, que relata um experimento singu)lar e terrível e suas consequências. Uma jovem mulher submetida a uma cirurgia cerebral é levada a ver a vasta e monstruosa divindade da Natureza e isso a idiotiza e a leva à morte menos de um ano depois. Anos mais tarde, uma criança estranha, ameaçadora e de aparência estrangeira chamada Helen Vaughan é alojada com uma família na região rural do País de Gales, onde assombra os bosques de maneira inexplicável. Um menino perde o juízo à visão de alguém ou algo que ele vislumbra junto dela, e uma menina sofre um fim terrível da mesma maneira. Todo esse mistério é estranhamente entrelaçado com as divindades rurais

[1] *There is a glory in the autumn wood,/ The ancient lanes of England wind and climb/ Past wizard oaks and gorse and tangled thyme/ To where a fort of mighty empire stood:/ There is a glamour in the autumn sky;/ The reddened clouds are writhing in the glow/ Of some great fire, and there are glints below/ Of tawny yellow where the embers die./ I wait, for he will show me, clear and cold,/ High-rais'd in splendour, sharp against the North,/ The Roman eagles, and through mists of gold/ The marching legions as they issue forth:/ I wait, for I would share with him again/ The ancient wisdom, and the ancient pain.*

romanas do lugar, esculpidas em fragmentos antigos. Passados alguns anos, uma mulher de beleza exótica aparece na sociedade local, leva o marido ao horror e à morte, faz um artista pintar quadros impensáveis de Sabás, provoca uma epidemia de suicídios entre os homens de seu conhecimento e, por fim, descobre-se que frequentava os antros do vício mais degradados de Londres, onde até os degenerados mais calejados se chocavam com as suas atrocidades. De uma sagaz comparação de notas dos que tiveram notícia dela em vários estágios de sua carreira, revela-se que a mulher é a garota Helen Vaughan, que é a filha — de nenhum pai mortal — da jovem que fora submetida ao experimento cerebral. Ela é filha do próprio e terrível Pã, e no final é levada à morte em meio a horríveis transmutações de forma envolvendo mudanças de sexo e uma descida às manifestações mais primordiais do princípio da vida.

Mas o encanto da história está na maneira de contar. Ninguém começaria sequer a descrever o suspense cumulativo e o horror extremo em cada parágrafo sem seguir integralmente a ordem exata com que Machen desenrola suas sugestões e revelações graduais. O melodrama está inegavelmente presente, e a coincidência é levada a tais extremos que parece absurda quando analisada, mas na bruxaria maligna da história como um todo, essas ninharias são esquecidas e o leitor sensível chega ao fim apenas com um estremecimento aprovativo e a tendência a repetir as palavras de uma personagem: "É incrível demais, monstruoso demais; coisas assim não poderiam jamais existir neste mundo tranquilo... Por que, homem, se um caso assim fosse possível, nossa Terra seria um pesadelo".

De enredo menos famoso e menos complexo que *The Great God Pan*, embora mais primoroso na atmosfera e no valor artístico geral é a curiosa e inquietante crônica *The White People* (*A gente branca*) cuja parte central passa por ser o diário ou as anotações de uma menina cuja ama a iniciou em algumas tradições secretas, mágicas e maléficas, do terrível culto da bruxaria — o culto cuja sabedoria secreta foi transmitido por extensas gerações camponesas por toda Europa Ocidental, e cujos membros às vezes escapolem à noite, um a um, para se reunir em bosques soturnos e locais solitários para as orgias pavorosas do Sabá. A narrativa de Machen, um triunfo de habilidosa contenção e seletividade, acumula um enorme poder à medida que flui numa torrente de tagarelice infantil ingênua, introduzindo alusões a estranhas "ninfas", "Dols", "voolas", "cerimônias brancas, verdes e escarlates", "letras Aklo", "linguagem chian", "jogos Mao" etc. Os ritos aprendidos pela ama com sua avó feiticeira são ensinados à criança quando esta tem três anos de idade, e relatos francos das revelações secretas perigosas feitos pela menina possuem um terror latente generosamente misturado com sentimentos. Encantamentos maléficos bastante conhecidos por antropólogos são descritos com juvenil ingenuidade até acontecer uma jornada em tarde de inverno às antigas colinas galesas realizada sob um feitiço imaginativo que confere ao cenário selvagem um mistério, estranheza e sugestão de sensibilidade grotesca adicionais. Os detalhes dessa jornada são apresentados com fabulosa vivacidade e constituem, para o crítico agudo, uma obra-prima de escrita fantástica, com um poder quase ilimitado de sugerir intensa hediondez e cósmica aberração. Por fim, a criança — então com treze anos — encontra uma coisa misteriosa e insuportavelmente bela no interior de um bosque escuro e inacessível. No fim, o horror a domina de maneira vagamente prefigurada num episódio do prólogo, mas ela se envenena a tempo. Assim como a mãe de Helen Vaughan em *The Great God Pan*, ela viu a apavorante divindade. Ela encontrou a morte no bosque sombrio ao lado da coisa misteriosa que descobrira; e essa coisa — uma estátua esbranquiçada de feitio romano sobre a qual se acumulavam tétricos rumores medievais — é esmigalhada pelas marretas do aterrorizado grupo de busca.

Na novela em episódios *The Three Impostors* (*Os três impostores*), uma obra cujo mérito geral é um pouco prejudicado pela imitação do estilo elegante de Stevenson, ocorrem algumas histórias que representam, talvez, o ponto culminante da perícia de Machen como arquiteto do terror. Aqui encontramos em sua forma mais artística uma concepção fantástica favorita do autor: a noção de que, debaixo das elevações e rochas das colinas selvagens do País de Gales habita aquela primitiva raça atarracada cujos vestígios originaram nossas lendas populares comuns de fadas, elfos e o "povo duende", e a cujos atos são atribuídos, até hoje, certos desaparecimentos e substituições ocasionais inexplicáveis de estranhos "changelings"[2] escuros por bebês normais. Esse tema recebe seu tratamento mais primoroso no episódio intitulado *The Novel of the Black Seal* (*A novela do selo preto*) em que um professor que descobrira uma identidade singular entre certos caracteres rabiscados em rochas calcárias galesas e os existentes num selo preto pré-histórico da Babilônia, parte numa viagem de pesquisa que o leva a coisas desconhecidas e terríveis. Uma passagem bizarra do antigo geógrafo Solinus, uma série de desaparecimentos misteriosos nos confins remotos de Gales, um estranho filho idiota nascido de uma mãe camponesa depois de sofrer um pavor que abalou o mais profundo de suas faculdades; tudo isso sugere ao professor uma conexão repulsiva e uma situação revoltante a qualquer um que pertença e respeite a raça humana. Ele contrata o rapaz idiota, que às vezes emite balbucios esquisitos numa voz sibilante e repulsiva e sofre estranhos ataques epilépticos. Certa feita, depois de um desses ataques, à noite, no estúdio do professor, cheiros e evidências inquietantes de presenças sobrenaturais são notados; e, pouco depois disso, o professor deixa um volumoso documento e vai para as montanhas fabulosas, com o peito tomado por uma ansiedade febril e um estranho terror. Ele não volta mais, e ao lado de uma pedra fantástica na região agreste

[2] Criança boba, feia ou de mau-gênio que se acreditava ter sido trocada, ao nascer, pelas fadas. (N.T.)

são encontrados seu relógio, dinheiro e anel embrulhados com categute num pergaminho com os mesmos caracteres terríveis que os do selo babilônico preto e da rocha nas montanhas galesas.

O documento volumoso explica o suficiente para sugerir as mais aberrantes visões. O professor de nome Gregg, partindo das muitas evidências apresentadas pelos desaparecimentos galeses, a inscrição na rocha, os relatos de antigos geógrafos e o selo preto decidiu que uma raça pavorosa de seres escuros primitivos, de antiguidade imemorial e ampla difusão no passado, ainda viviam sob as regiões montanhosas da Gales. Novas pesquisas haviam deslindado a mensagem do selo negro provando que o garoto idiota, filho de algum pai mais terrível que o homem, é o herdeiro de monstruosas memórias e capacidades. Naquela noite estranha, no estúdio, o professor invocara "a pavorosa transmutação dos montes" com a ajuda do selo negro e despertara no idiota híbrido os horrores de sua aberrante ascendência. Ele "vira seu corpo inchar e se esticar como uma bexiga, enquanto seu rosto escurecia..." E aí surgiram os efeitos supremos da invocação, e o professor Gregg conheceu o frêmito absoluto de pânico cósmico em sua forma mais negra. Ele conheceu os abismos de aberração que havia aberto e foi para os montes selvagens pronto e resignado. Ele encontraria o incrível "Povo Duende" — e seu documento termina com uma observação racional: "Se por infelicidade eu não voltar de minha jornada, não há necessidade de conjurar aqui uma imagem da monstruosidade de meu destino".

Também em *The Three Imposters* encontra-se a *Novel of the White Powder* (*Novela do pó branco*) que se aproxima da culminação absoluta do pavor abjeto. Francis Leicester, um jovem estudante de Direito que sofrera um esgotamento nervoso motivado pela reclusão e o excesso de trabalho, recebe uma receita de um velho boticário pouco cuidadoso com a condição de suas drogas. A substância, depois se descobre, é um sal incomum que o tempo e a variação da temperatura tinham acidentalmente transformado em algo muito estranho e terrível; em suma, nada menos que o medieval *vinum sabbati,* cujo consumo nas horríveis orgias dos Sabás dera origem a transformações chocantes e — se usado com leviandade — consequências indizíveis. Sem o saber, o jovem bebe regularmente o pó diluído num copo de água depois das refeições e, no começo, parece melhorar. Aos poucos, porém, a melhora de seu ânimo toma a forma de dissipação; ele fica muitas horas fora de casa e parece ter sofrido uma transformação psicológica repulsiva. Certo dia aparece uma curiosa mancha lívida em sua mão direita, e ele, depois disso, volta à sua reclusão, mantendo-se trancado no quarto e sem admitir a presença de ninguém da casa. O médico é chamado para uma consulta e parte, transido de horror, dizendo que não pode fazer mais nada naquela casa. Duas semanas depois, a irmã do paciente, andando pelo lado de fora da casa, vê uma coisa monstruosa na janela do quarto do doente, e os criados informam que a comida deixada diante da porta fechada não é mais tocada. Os apelos feitos à porta provocam apenas um som de pés se arrastando e o pedido, numa voz grossa gorgolejante, para ser deixado em paz. No fim, um acontecimento pavoroso é relatado por uma criada trêmula. O teto do quarto sob o de Leicester está manchado por um fluido preto repulsivo e uma poça de abominação viscosa pingou na cama desse aposento. O Dr. Haberden, persuadido então a voltar à casa, arromba a porta do jovem e golpeia com uma barra de ferro, sem parar, a coisa profana semiviva que ali encontra. É "uma massa pútrida e escura, fervilhando de corrupção e odiosa putrefação, nem líquida nem sólida, mas se derretendo e mudando". Pontos ardentes como olhos brilham de seu centro, e antes de ser morta, ela tenta levantar o que poderia ter sido um braço. Algum tempo depois, o médico, incapaz de suportar a lembrança do que vira, morre no mar a caminho de uma nova vida na América. Machen retorna ao demoníaco "Povo Duende" em *The Red Hand* (*A mão vermelha*) e *The Shining Pyramid* (*A pirâmide brilhante*); e em *The Terror* (*O terror*), uma história de guerra, ele aborda em poderoso mistério o efeito da rejeição do homem moderno da existência de espiritualidade na brutalidade do mundo, que os leva a questionar a supremacia do homem e a se unirem para o seu extermínio. De extrema delicadeza, e passando do mero horror para um verdadeiro misticismo, é *The Great Return* (*O grande retorno*), uma história sobre o Graal, também um produto do período da guerra. Bastante conhecida para ser aqui descrita é a história de *The Bowmen* (*Os arqueiros*) que, considerada uma narração autêntica, deu origem à lenda corrente dos "Anjos de Mons" — fantasmas dos velhos arqueiros ingleses de Crecy e Agincourt[3] que combateram em 1914 ao lado das fileiras encurraladas dos gloriosos "Old Contemptibles" da Inglaterra.

Menos intenso que Machen para esboçar os extremos de puro medo, mas infinitamente mais ligado à ideia de um mundo irreal constantemente nos importunando é o inspirado e prolífico Algernon Blackwood, em cuja obra desigual e volumosa pode ser encontrada uma parte da mais fina literatura espectral desta ou de qualquer época. Da qualidade do gênio de Blackwood ninguém duvida, pois ninguém jamais se aproximou sequer da habilidade, seriedade e minuciosa fidelidade com que ele registra as nuances de estranheza em coisas e experiências ordinárias, ou a percepção sobrenatural com que constrói, detalhe a detalhe, as sensações e percepções completas que levam da realidade à vida ou à visão sobrenatural. Sem um domínio notável da feitiçaria poética das palavras, ele é o mestre absoluto e inquestionável da atmosfera fantástica; e de um simples fragmento de descrição psicológica insossa consegue evocar o que resulta em quase uma história. Mais do que todos os outros, ele compreende o quanto algumas mentes sensíveis vivem perpetuamente na terra fronteiriça do sonho e como é relativamente pequena a distinção

[3] "Anjos de Mons". Lenda sobre um grupo de anjos que teria protegido o Exército Britânico na Batalha de Mons, desenrolada na Primeira Guerra Mundial (22-23 de agosto de 1914), o primeiro grande envolvimento dos ingleses. Batalha de Crecy, ocorrida em 1346 no Norte da França; Batalha de Agincourt (1415), batalha que deu a vitória final a Henrique V, da Inglaterra. Ambas na Guerra dos Cem Anos. (N.T.)

entre as imagens formadas por objetos reais e as provocadas pelo jogo da imaginação.

As obras menores de Blackwood são prejudicadas por vários defeitos como o didatismo ético, a extravagância insípida ocasional, a monotonia do sobrenaturalismo benigno e o uso exagerado do jargão comercial do "ocultismo" moderno. Uma falha de seus esforços mais sérios é aquela redundância e prolixidade que resulta de uma tentativa por demais elaborada, com a desvantagem de um estilo um tanto árido e jornalístico desprovido de magia, cor e vitalidade intrínsecas para visualizar sensações e nuances precisas da sugestão de mistério. Mas a despeito de tudo, as obras maiores de Blackwood atingem um nível clássico genuíno e evocam, como só elas na literatura, um sentimento aterrorizado e persuasivo da imanência de esferas de entidades espirituais estranhas.

A lista quase interminável da ficção de Blackwood inclui novelas e histórias mais curtas, estas às vezes independentes e às vezes organizadas em séries. Mais do que todas merece reconhecimento *The Willows* (*Os salgueiros*) em que as presenças nefandas numa ilha desolada do Danúbio são captadas e reconhecidas por um par de viajantes ociosos. Aqui, arte e contenção narrativas atingem seu desenvolvimento supremo, e uma impressão duradoura de comoção é produzida sem uma única passagem forçada ou uma única nota falsa. Outra história de espantoso vigor embora de menor acabamento artístico é *The Wendigo* (*O Wendigo*) em que somos confrontados com evidências horríveis de um enorme demônio florestal sobre o qual os madeireiros de North Woods murmuram à noite. O modo como algumas pegadas contam coisas inacreditáveis é, de fato, um triunfo marcante de perícia narrativa. Em *An Episode in a Lodging House* (*Um episódio numa hospedaria*) vemos presenças assustadoras trazidas do espaço negro por um feiticeiro, e *The Listener* (*O ouvinte*) fala de um pavoroso resíduo psíquico rastejando por uma velha casa onde um leproso morreu. No volume intitulado *Incredible Adventures* (*Aventuras incríveis*) aparecem algumas das mais primorosas histórias que o autor, além dessas, produziu, levando a fantasia a ritos selvagens nos montes durante a noite, a aspectos secretos e terríveis que espreitam por trás de cenas banais e a inimagináveis criptas misteriosas sob as areias e as pirâmides do Egito; tudo com um primor e delicadeza que convence quando um tratamento mais tosco ou descuidado apenas divertiria. Alguns desses relatos não são propriamente histórias, mas estudos sobre impressões fugidias e fragmentos de sonhos apenas lembrados. A trama, em geral, é insignificante e a atmosfera reina livre e desimpedida.

*John Silence — Physician Extraordinary (John Silence — médico extraordinário)* é um livro com cinco histórias relacionadas, percorridas por um único personagem triunfante. Prejudicadas apenas pelos traços da atmosfera popular e convencional das histórias de detetive — pois o Dr. Silence é um daqueles gênios benevolentes que empregam seus poderes notáveis para ajudar pessoas respeitáveis em dificuldades — essas narrativas contêm algumas das melhores obras do autor e produzem uma ilusão a um só tempo enfática e duradoura. O conto de abertura, *A Psychical Invasion* (*Uma invasão psíquica*) relata o que sucedeu com um autor sensível numa casa que já fora palco de acontecimentos pavorosos, e como uma legião de demônios foi exorcizada. *Ancient Sorceries* (*Feitiçarias antigas*), talvez o conto mais primoroso do livro, faz um relato quase hipnótico de uma antiga cidade francesa onde antigamente o Sabá profano, utilizando gatos, era cultivado por toda a população. Em *The Nemesis of Fire* (*A Nêmesis de fogo*), um elemento medonho é evocado por sangue recém-derramado, enquanto *Secret Worship* (*Adoração secreta*) fala de uma escola alemã onde o satanismo corria solto e que reteve, até muito tempo depois, uma aura maligna. *The Camp of the Dog* (*O partido do cão*) é uma história de lobisomem, mas enfraquecida pelo moralismo e o "ocultismo" profissional.

Sutis demais, talvez, para serem classificadas como histórias de horror, mas possivelmente mais artísticas num sentido absoluto, são fantasias delicadas como *Jimbo* ou *The Centaur* (*O centauro*). Blackwood consegue nessas novelas uma abordagem densa e palpitante da substância mais profunda do sonho e provoca uma enorme devastação nas barreiras convencionais que separam realidade e imaginação.

Insuperável na feitiçaria da prosa cantante cristalina e supremo na criação de um mundo adorável e langoroso de cenários exóticos iridescentes é Edward John Moreton Drax Plunkett, 18º Barão Dunsany, cujas histórias e peças curtas formam um elemento quase único em nossa literatura. Inventor de uma nova mitologia e criador de um folclore surpreendente, Lorde Dunsany continua se dedicando a um estranho mundo de fantástica beleza e comprometido com um combate eterno à rudeza e feiura da realidade quotidiana. Seu ponto de vista é o mais verdadeiramente cósmico de todos sustentados na literatura do período. Tão sensível quanto Poe a valores dramáticos e ao significado de palavras e detalhes isolados, e muito melhor equipado retoricamente com um estilo lírico simples, baseado na linguagem da Bíblia do Rei James, esse autor se apoia, com extrema eficácia, em quase todo acervo de mitos e lendas da cultura europeia, produzindo um ciclo composto ou eclético de fantasia em que as cores do Oriente, a forma helênica, a morbidez teutônica e a melancolia celta são combinadas com tanta maestria que cada uma sustenta e suplementa o resto sem sacrifício da perfeita congruência e homogeneidade. Na maioria dos casos, as terras descritas por Dunsany são fabulosas — "além do Oriente" ou "na fronteira do mundo". Seu sistema original de nomes de pessoas e lugares, com raízes extraídas de fontes clássicas, orientais e outras, é uma maravilha de versatilidade inventiva e discernimento poético, como se pode ver em exemplos como "Argimenes", "Bethmoora", "Poltarnees", "Camorak", "Iluriel", ou "Sardathrion".

Beleza, mais que terror, é a tônica da obra de Dunsany. Ele ama o verde vívido do jade e das cúpulas de cobre, e o delicado esplendor do sol poente nos minaretes de marfim de impossíveis cidades oníricas. Humor e ironia também comparecem amiúde para conferir um leve cinismo e modificar o que, não fosse isso, poderia passar por intensidade ingênua. No entanto, como é inevitável num mestre do irreal triunfante, há toques ocasionais de pavor cósmico que se encaixariam perfeitamente na tradição autêntica. Dunsany adora sugerir, com astúcia e dissimulação, coisas monstruosas e destinos incríveis, como nos contos de fadas. Em *The Book of Wonder* (*O livro das maravilhas*) lemos sobre Hlo-Hlo, o gigantesco ídolo-aranha que nem sempre fica em casa; sobre o que a Esfinge temia na floresta; sobre Slith, o ladrão que salta pela borda do mundo depois de ver uma certa luz acesa e sabendo quem a acendeu; sobre os antropófagos Gibbelins, que habitam uma torre maligna e guardam um tesouro; sobre os Gnoles, que vivem na floresta e de quem não convém roubar; da Cidade do Nunca e os olhos que espiam nos Poços Inferiores; e sobre coisas afins das trevas. *A Dreamer's Tales* (*Histórias de um sonhador*) fala do mistério que expulsou todos os homens de Bethmoora para o deserto; do vasto portão de Perdondaris que foi cinzelado de uma *única peça* de marfim; e da viagem do *Poor Old Bill* (*Pobre velho Bill*), cujo capitão amaldiçoou a tripulação e fez visitas a ilhas repulsivas recém-surgidas do mar exibindo casas baixas com telhados de colmo e janelas obscuras malignas.

Muitas peças curtas de Dunsany estão repletas de medo espectral. Em *The Gods of the Mountain* (*Os deuses da montanha*) sete mendigos personificam os sete ídolos verdes de uma montanha distante e gozam de comodidades e honrarias numa cidade de adoradores até que estes ficam sabendo que *os ídolos reais desapareceram de seus assentos costumeiros*. Uma visão muito tosca na penumbra lhes é relatada — "rochas não deviam andar à noite" — e, por fim, enquanto esperam a chegada de uma trupe de dançarinos, eles notam que os passos que se aproximam são mais pesados do que deveriam ser os de bons dançarinos. Depois a história segue e, no fim, os insolentes blasfemos são transformados em estátuas de jade verde pelas próprias estátuas ambulantes cuja santidade haviam profanado. Mas o enredo em si é o menor mérito dessa peça de esplêndida eficácia. Os incidentes e desenvolvimentos são os de um mestre supremo, e com isso o todo é uma das mais importantes contribuições da época atual, não só para o drama, mas para a literatura em geral. *A Night at an Inn* (*Uma noite numa pousada*) fala de quatro ladrões que roubaram o olho de esmeralda de Klesh, um monstruoso deus hindu. Eles atraem para seu quarto e conseguem matar os três sacerdotes vingadores que estão no seu encalço, mas, durante a noite, Mesh chega tateando à procura do seu olho, e em o havendo recuperado, parte e chama cada um dos assaltantes para um castigo indescritível nas trevas. Em *The Laughter of the Gods* (*A risada dos deuses*) há uma cidade condenada na beira da selva e um alaudista fantasmagórico que só é escutado pelos que estão para morrer (cf. o cravo espectral de Alice em *House of the Seven Gables,* de Hawthorne); enquanto *The Queen's Enemies* (*Os inimigos da rainha*) reconta episódio anedótico de Heródoto em que uma princesa vingativa convida seus inimigos para um banquete subterrâneo e faz o Nilo afogá-los. Mas nenhuma dose de pura descrição consegue transmitir mais que uma fração do encanto insinuante de Lorde Dunsany. Suas cidades prismáticas e rituais inauditos são conduzidos com uma segurança que só a maestria poderia engendrar, e nos arrepiamos com uma sensação de efetiva participação em seus mistérios secretos. Para a pessoa de fato imaginativa, ele é um talismã e uma chave destravando ricos depósitos oníricos e fragmentos de memória, o que nos permite imaginá-lo não só como um poeta, mas como alguém que faz de cada leitor um poeta também.

No polo oposto do gênio de Lorde Dunsany e dotado de um poder quase diabólico de convocar o horror em passos suaves do coração do cotidiano prosaico da vida é o douto Montague Rhodes James, diretor do Eton College, antiquário de renome e autoridade reconhecida em manuscritos medievais e história das catedrais. O Dr. James, velho contador de histórias espectrais na época de Natal, foi se tornando, aos poucos, um ficcionista de literatura fantástica de primeiríssima linha e desenvolveu um estilo e um método distintos que provavelmente servirão de modelos para uma duradoura linhagem de discípulos.

A arte de James não é, de maneira nenhuma, acidental, e no prefácio de uma de suas coletâneas ele formulou três regras muito sólidas para a composição macabra. Uma história de fantasmas, acredita, deve ter um cenário familiar na época moderna para se aproximar da esfera de experiência do leitor. Seus fenômenos espectrais devem, além disso, ser mais maléficos que benévolos, pois o *medo* é a emoção principal a ser excitada. E, por fim, o patoá técnico de "ocultismo" ou pseudociência deve ser cuidadosamente evitado, senão o encanto da verossimilhança casual será sufocado num pedantismo inconvincente.

James, praticando o que prega, aborda seus temas de forma leve e, muitas vezes, coloquial. Criando a ilusão de acontecimentos banais do cotidiano, ele introduz seus fenômenos anormais de maneira cautelosa e gradual, liberados, em cada circunstância, por detalhes familiares e prosaicos, temperados ocasionalmente por um fragmento ou dois de erudito em antiguidades. Consciente da relação estreita entre estranheza presente e tradição acumulada, ele em geral fornece antecedentes históricos remotos para seus incidentes, podendo assim utilizar, com grande competência, seu conhecimento exaustivo do passado, e seu pronto e convincente domínio de dicção e colorido arcaicos. Um cenário favorito de uma história de James é qualquer catedral centenária a qual o autor consegue descrever com toda a minúcia familiar a um especialista no campo.

Astutas vinhetas humorísticas e vivos fragmentos descritivos de tipos e caracteres humanos são encontrados com frequência nas narrativas de James e servem, nas suas mãos habilidosas, para aumentar o efeito geral e não para estragá-lo, como essas mesmas características tenderiam a fazer com um artesão menor. Na invenção de um novo tipo de fantasma, ele se afastou muito da tradição gótica convencional, pois ali onde os fantasmas de cepa mais antiga eram pálidos e majestosos, e se davam a conhecer, sobretudo, pelo sentido da visão, o fantasma comum de James é magro, nanico e cabeludo — uma aberração indolente, infernal, medonha, a meio caminho entre homem e animal — e geralmente *tocado* antes de ser *visto*. Algumas vezes, o espectro tem uma composição ainda mais excêntrica: um rolo de flanela com olhos de aranha ou alguma entidade invisível que se molda na roupa de cama e exibe *um rosto de linho enrugado*. James tem, é claro, um conhecimento científico e inteligente de nervos e sentimentos humanos, e sabe dosar afirmações, imaginação e sugestões sutis para conseguir os melhores resultados com seus leitores. Ele é mais um artista das armações e incidentes que da atmosfera, e muitas vezes atinge as emoções mais pelo intelecto que diretamente. Esse método, com suas ocasionais ausências de um clímax marcante tem vantagens e desvantagens, e muitos sentirão falta da tensão atmosférica extrema que escritores como Machen tratam de construir com palavras e ambientes. Mas só algumas histórias estão expostas a uma acusação de monotonia. Em geral, o desenrolar lacônico de acontecimentos anormais em ordem direta é suficiente para produzir o efeito desejado de horror cumulativo.

Os contos de James estão reunidos em quatro coletâneas pequenas intituladas, respectivamente, *Ghost Stories of an Antiquary* (*Histórias de fantasma de um antiquário*), *More Ghost Stories of an Antiquary* (*Mais histórias de fantasma de um antiquário*), *A Thin Ghost and Others* (*Um fantasma magro e outros*) e *A Warning to the Curious* (*Uma advertência ao curioso*). Há também uma deliciosa fantasia infantil, *The Five Jars* (*Os cinco cântaros*) que tem suas sugestões espectrais. Em meio a essa riqueza de material é difícil selecionar um conto favorito, ou particularmente típico, embora cada leitor por certo terá suas preferências segundo seu temperamento.

*Count Magnus* (*Conde Magnus*) é, por certo, um dos melhores, constituindo, como faz, uma verdadeira Golconda de suspense e sugestão. O Sr. Wraxall é um viajante inglês da metade do século XIX de passagem pela Suécia onde pretende levantar material para um livro. Interessando-se pela antiga família De la Gardie, encontrada no solar perto do vilarejo de Raback, ele estuda seus registros e adquire um particular fascínio pelo construtor do solar, um certo Conde Magnus, de quem se murmuram coisas estranhas e terríveis. O conde, que vivera no começo do século XVII, fora um proprietário duro, e famoso por sua severidade com caçadores furtivos e arrendatários faltosos. Suas punições cruéis eram proverbiais, e corriam rumores soturnos sobre influências que teriam sobrevivido ao seu sepultamento no grande mausoléu que ele construíra perto da igreja — como no caso dos dois camponeses que caçaram em suas reservas, certa noite, um século depois de sua morte. Gritos medonhos foram ouvidos nos bosques e perto do túmulo do Conde Magnus uma risada sobrenatural e o estrondo de uma grande porta. Na manhã seguinte, um padre encontrara os dois homens, um enlouquecido e o outro morto, com a carne do rosto sugada até os ossos.

Wraxall ouve todas essas histórias e se depara com referências mais restritas a uma Peregrinação Negra feita, certa vez, pelo conde, uma peregrinação a Chorazin, na Palestina, uma das cidades denunciadas por Nosso Senhor nas Escrituras onde, segundo velhos sacerdotes, o Anticristo viria a nascer. Ninguém ousa sequer sugerir o que fora a Peregrinação Negra, ou que estranha criatura ou coisa o conde trouxera consigo. Nesse ínterim, Wraxall está cada vez mais ansioso para explorar o mausoléu do Conde Magnus e, por fim, consegue a permissão para fazê-lo na companhia de um diácono. Ele encontra vários objetos e três sarcófagos de cobre, um deles do conde. Rodeando a borda deste último estão várias faixas com cenas gravadas, inclusive um esboço singular e repulsivo de uma perseguição — a perseguição numa floresta de um homem alucinado por uma figura atarracada com um tentáculo de raia-jamanta, guiada de cima de um outeiro próximo por um homem alto embuçado. O sarcófago tem três cadeados de aço maciço, um dos quais está aberto no chão, lembrando ao viajante o estalido metálico que ele ouvira no dia anterior quando passara pelo mausoléu desejando inutilmente que pudesse ver o Conde Magnus.

Com o fascínio aumentado e, com a chave acessível, Wraxall faz uma segunda e solitária visita ao mausoléu e descobre outro cadeado aberto. No dia seguinte, seu último em Raback, ele vai mais uma vez sozinho para dizer adeus ao conde havia muito falecido. De novo impelido misteriosamente a pronunciar o extraordinário desejo de um encontro com o nobre sepultado, ele agora vê, para sua inquietação, que somente um dos cadeados continua no grande sarcófago. Enquanto ele observa, esse último cadeado cai ruidosamente no chão e se ouve um ruído de dobradiças rangendo. Aí a enorme tampa parece erguer-se muito devagar e Wraxall foge apavorado sem fechar a porta do mausoléu.

Durante seu retorno para a Inglaterra, o viajante sente uma curiosa apreensão sobre seus colegas passageiros no batelão que ele utiliza nos primeiros estágios da viagem. Figuras embuçadas o deixam nervoso e ele tem a sensação de estar sendo observado e seguido. Das vinte e oito pessoas que ele conta, somente vinte e seis aparecem nas refeições, e as duas que faltam são, invariavelmente, um homem alto embuçado e uma figura atarracada menor. Completando sua travessia aquática em Harwich, Wraxall foge em disparada num coche fechado, mas vê duas figuras embuçadas num cruzamento. Finalmente, ele se aloja numa casinha de uma vila e passa o tempo escrevendo anotações frenéticas. Na segunda manhã, ele é encontrado morto e, durante o inquérito, sete jurados desmaiam à vista do corpo. A casa onde ele ficara nunca mais é habitada e quando é demolida, meio século depois, o manuscrito é encontrado num armário esquecido.

Em *The Treasure of Abbot Thomas* (*O tesouro do abade Thomas*), um antiquário britânico decifra um criptograma pintado em algumas janelas da Renascença e assim descobre a existência de centenário depósito de ouro, em um nicho, no meio da descida de um poço, localizado no pátio de uma abadia alemã. Mas o esperto depositante havia colocado um guardião para aquele tesouro, e alguma coisa no poço escuro enrola seus braços no pescoço do pesquisador de tal forma que a busca é abandonada e um clérigo é convocado. Nas noites seguintes àquela, o descobridor sente uma presença furtiva e detecta um cheiro horrível de mofo no lado de fora da porta do seu quarto do hotel, até que, finalmente, à luz do dia, o clérigo substitui a pedra na abertura do poço do tesouro — do qual alguma coisa saíra no escuro para vingar-se do perturbador do ouro do velho abade Thomas. Ao completar seu trabalho, o clérigo observa uma curiosa inscrição grosseiramente entalhada na antiga tampa do poço, com o lema latino "*Depositum Custodi* — guarda o que está confiado a ti".

Outras narrativas notáveis de James são *The Stalls of Barchester Cathedral* (*Os assentos da Catedral de Barchester*) em que um entalhe bizarro ganha vida para vingar o secreto e sutil assassinato de um velho Diácono por seu ambicioso sucessor; *Oh, Whistle, and I'll come to You* (*Oh, apite, e eu virei até você*) que conta o horror convocado por um estranho apito de metal encontrado numa ruína de igreja medieval; e *An Episode of Cathedral History* (*Um episódio da história da catedral*) em que o desmantelamento de um púlpito revela um túmulo arcaico com um demônio de tocaia que espalha pânico e pestilência. James, apesar de todo seu toque leve, evoca pavor e hediondez em suas formas mais aberrantes, e com certeza ficará como um dos poucos mestres realmente criativos em sua província de sombras.

Para os que apreciam especulações sobre o futuro, o conto de horror sobrenatural oferece um campo interessante. Combatido por uma onda crescente de elaborado realismo, cínica frivolidade e sofisticado desencantamento, ele é encorajado, porém, por uma onda paralela de crescente misticismo alimentada tanto pela reação fatigada de "ocultistas" e fundamentalistas religiosos contra descobertas materialistas, como pelo estímulo ao maravilhoso e ao fantástico proporcionado pelas visões alargadas e as barreiras derrubadas pela ciência moderna com sua química subatômica, sua astrofísica avançada, sua teoria da relatividade e suas investigações da biologia e do pensamento humano. No presente momento, as forças favoráveis parecem levar uma certa vantagem, pois existe nitidamente mais simpatia para com a escrita fantástica do que há trinta anos quando o melhor do trabalho de Arthur Machen caiu no solo pedregoso dos dinâmicos e presunçosos anos de 1890. Ambrose Bierce, quase desconhecido em seu tempo, atingiu agora uma espécie de reconhecimento geral.

Não se devem esperar transformações surpreendentes em nenhuma direção, porém. De qualquer forma, continuará havendo um equilíbrio aproximado de tendências; e embora possamos esperar, com razão, uma maior sutilização técnica, não temos motivos para pensar que a situação geral do espectral em literatura será alterada. Trata-se de um ramo estreito, mas fundamental, da expressão humana, e ele atrairá principalmente, como sempre, um público limitado com sensibilidades agudas especiais. Qualquer obra-prima universal futura calcada em fantasmas ou terror deverá sua aceitação antes a um tratamento artístico superior do que a um tema simpático. No entanto, quem declararia o tema sobrenatural uma positiva desvantagem? Radiante de beleza, a Taça dos Ptolomeus era entalhada em ônix.

Finis

# Sobre o Autor

O século que experimentou um fantástico progresso na mecanização da produção, uma extraordinária jornada de investigação, sob a égide da ciência, de todos os meandros da atividade humana — produtiva, social, mental —, foi também o período em que mais proliferaram, na cultura universal, as incursões artísticas na esfera do imaginário, os mergulhos no mundo indevassável do inconsciente. Literatura, rádio, cinema, música, artes plásticas, e depois, também, a televisão, entrelaçaram-se na criação e recriação de mundos sobrenaturais, em especulações sobre o presente e o futuro, em aventuras imaginárias além do universo científico e da realidade aparente da vida e do espírito humanos.

Howard Phillips Lovecraft (1890-1937), embora não tenha alcançado sucesso literário em vida, foi postumamente reconhecido como um dos grandes nomes da literatura fantástica do século XX, influenciando artistas contemporâneos, tendo histórias suas adaptadas para o rádio, o cinema e a televisão, e um público fiel constantemente renovado a cada geração. Explorando em poemas, contos e novelas os mundos insólitos que inventa e desbrava com a mais alucinada imaginação, Lovecraft seduz e envolve seus leitores numa teia de situações e seres extraordinários, ambientes oníricos, fantásticos e macabros que os distancia da realidade cotidiana e os convoca a um mergulho nos mais profundos e obscuros abismos da mente humana.

Dono de uma escrita imaginativa e muitas vezes poética que se desdobra em múltiplos estilos narrativos, Lovecraft combina a capacidade de provocar a ilusão de autenticidade e verossimilhança com as mais desvairadas invenções de sua arte. Ele povoa seu universo literário de monstros e demônios, de todo um panteão de deuses terrestres e extraterrestres interligados numa saga mitológica que perpassa várias de suas narrativas, de homens sensíveis e sonhadores em perpétuo conflito com a realidade prosaica do mundo.

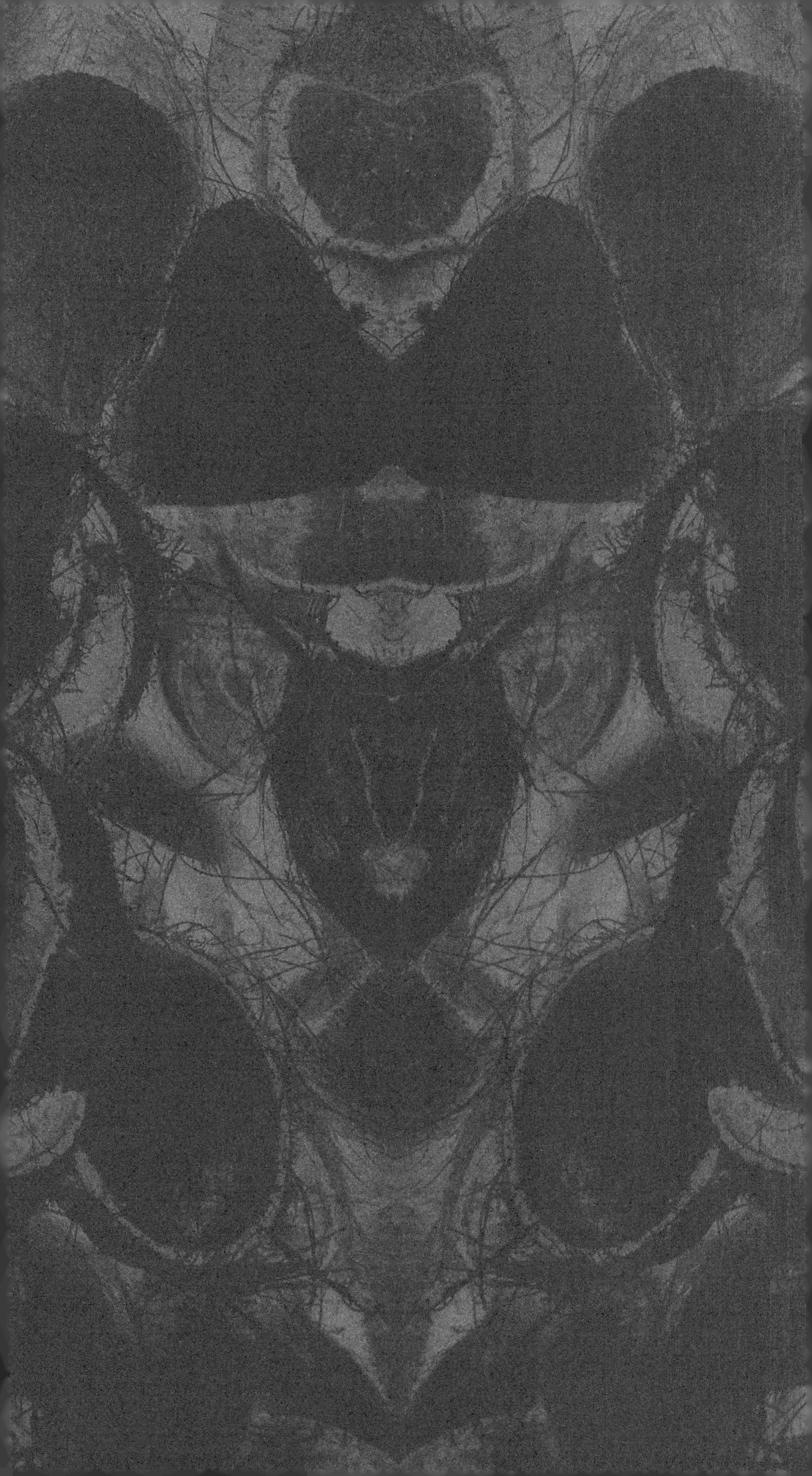

## do mesmo autor nesta editora

o caso Charles Dexter Ward

a cor que caiu do céu

à procura de Kadath

Dagon

o horror em Red Hook

a maldição de Sarnath

nas montanhas da loucura

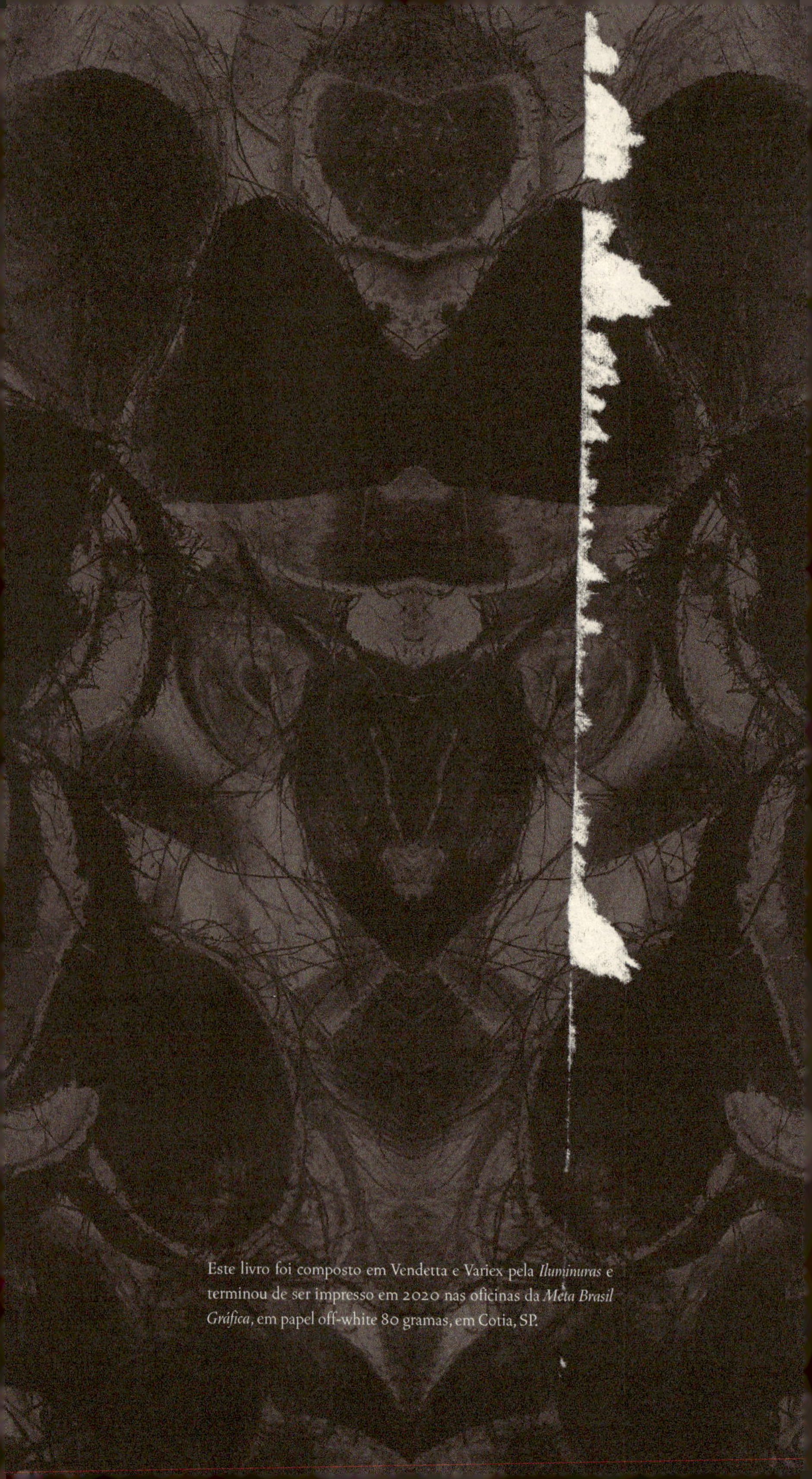

Este livro foi composto em Vendetta e Variex pela *Iluminuras* e terminou de ser impresso em 2020 nas oficinas da *Meta Brasil Gráfica*, em papel off-white 80 gramas, em Cotia, SP.